# 蜜獾家族

庄无邪 著

北方联合出版传媒(集团)股份有限公司
春风文艺出版社
·沈阳·

图书在版编目（CIP）数据

蜜獾家族 / 庄无邪著 . —沈阳 : 春风文艺出版社，2021.9
ISBN 978-7-5313-5881-7

Ⅰ.①蜜… Ⅱ.①庄… Ⅲ.①长篇小说—中国—当代 Ⅳ.① 1247.5

中国版本图书馆 CIP 数据核字（2020）第 203294 号

---

北方联合出版传媒（集团）股份有限公司
春风文艺出版社出版发行
http://www.chunfengwenyi.com
沈阳市和平区十一纬路 25 号　邮编：110003
辽宁新华印务有限公司印刷

---

| | |
|---|---|
| **责任编辑**：王晓娣 | **创意总监**：荣树岩　刘海鹏 |
| **助理编辑**：高　洋 | **责任校对**：于文慧 |
| **封面设计**：琥珀视觉 | **幅面尺寸**：145mm × 210mm |
| **字　数**：183 千字 | **印　张**：8.5 |
| **版　次**：2021 年 9 月第 1 版 | **印　次**：2021 年 9 月第 1 次 |
| **书　号**：ISBN 978-7-5313-5881-7 | |
| **定　价**：42.00 元 | |

版权专有　侵权必究　举报电话：024-23284391
如有质量问题，请拨打电话：024-23284384

# 1

范天平走进空旷的红浪漫洗浴中心大堂的时候,方凯正在和前台小姐挤眉弄眼,看他进来,连忙迎了上去。

"平头哥,你咋才来?里面都已经开始了。"方凯带着范天平就往男宾部走。

"又想怎么折腾?"范天平一脸不耐烦地说。

"今儿人到得齐,我听说要民主投票商量什么事,都是你们这些高层的事,咱当小弟的也不敢深问。"方凯看着范天平脱衣服。

"填啥表格?我连小学都没念完,要认字识谱的话,还至于混到来澡堂子里开会吗?"范天平迅速脱完衣服后,接过了方凯递过来的浴袍。

"嘘,小点儿声,浩哥说了,公司是正规企业,例会时间、地点、人物都必须绝对保密。"方凯左右打量了一下说,"咱是正规企业。"

"正规企业有啥不能让人知道的?"范天平穿起了浴袍。

"浩哥说,最近扫黑除恶风头紧……二龙哥。"方凯刚要再接着说,一个穿着泳裤、浑身刺青的壮汉走进了换衣间,瞪了他一眼。

"范经理,就等你了,程总让我来看看你到了没。"壮汉二龙看方凯出去,低声对范天平说。

"哦。"范天平跟着二龙往洗浴区走。

"平头哥,风哥人都死了。不管怎么说浩哥现在也是老大,你是风哥的老哥们儿,不能太不给新领导面子,咱多少得有点儿职场规矩。"二龙转头像个行政人员一样对范天平说。

"程风都没给我立过规矩,程浩的规矩更管不了我。我没混过职场,就混过狼窝,你过去问问谁听他这些个规矩?"范天平一瞪眼睛。

二龙咬了咬牙,不再说话,带着范天平走进洗浴区最深处的一个温泉池,温泉里面已经坐了一圈人,有几个像二龙一样文着身,还有一两个花臂,他们身子虽然泡在水中,但每个人身后都放着纸和笔。

"喀喀,我再强调一下咱们的例会管理制度哈,以后说八点开会就八点准时开会,再迟到的话,一次扣当天工资,两次扣周薪,三次扣月薪。"一个戴眼镜的中年人端起浮板上的一杯茶清清嗓子说。

"程浩你什么意思?"范天平没下水,坐在了温泉外沿石壁上。

"范经理,你是老员工了,在公司里管理饲养基地已经四五年了,我才上任三个月,怎么发现每次例会都是你迟到?"程浩一皱眉。

"我早上五点就得起来喂狼,收拾完狼窝就已经七点了,饭都没吃就往城里跑,开你这个八点的例会。你是一周不理就抽风,狼是一天不喂就抽风。虽说人走茶凉,可作为老哥们儿,我也得先尽着风哥交给我的任务完成对不对?"

"今天我们首先要拿到会议上讨论的就是饲养基地这个历史遗留问题,风哥当初是为了吓唬那些欠钱的人,才弄了个狼窝,可这一年的饲养成本要四十几万。要我看,现在公司以低调经营为主,饲养基地完全没有再留下去的必要。"程浩一摊手,对手下人说,"我和我哥不一样,我很民主的,咱投个票吧,留还是不留,听你们的。"

"我觉得留着吧,谁都知道咱风哥有一群狼,欠债的要是不还钱,直接往狼窝里扔,滨城没有不害怕这手的老赖。"温泉里一个大汉煞有介事地说,"那群狼可真听话,说让龇牙就龇牙,让扑哪儿就扑哪儿,比狗还通人性。"

"咱养的狼,有人味儿。"范天平一脸骄傲,又睨了程浩一眼说。

"一年要是省出四十万,年底高层就能多分点儿奖金,大环境不好,咱们要控制成本,现金为王啊哥哥们。"程浩假装没看见,环顾左右说。

"我觉得还是把饲养基地关了吧,院子退了狼一宰,能省心不少。平头哥,你可以去我那儿看看古董店,你不说挺喜欢我那些老玩意儿的吗?咱老哥儿俩在号了里就睡一个铺,有嗑唠。"另一个和范天平年纪相仿的人笑着说。

"滚犊子,你个赵老六,敢宰我的狼,我吃了你。"范天平站了起来,在温泉池边比所有人都高。

"注意会场秩序,吵来吵去像什么样子?"程浩向自己对面的二龙使了个眼色,二龙开始往范天平身边移动。

"咋的?你还想过来管管我呗?"范天平机警地感觉到了二龙的动作,转头对着他狞笑。

"平头哥,你别逼兄弟出手。"二龙苦笑。

"你出手就对了,一个个在外面人五人六开始打个领带装正经人,脱了衣服光着腚在这儿研究咋坑蒙拐骗做大做强。我要是程风,眼睛都闭不上,丢不起这人……你瞅啥?不服就上。"范天平看到二龙向他冲过来,矮身躲过。

"给我下来。"这时程浩突然在温泉里拽住了范天平的脚踝,把他拖到了水里。

在温泉里开会的这些社会大哥一见打起来了,纷纷小心翼翼地从水里站起来,七手八脚帮程浩忙。范天平毫无惧色,在水里闭着眼睛抡拳头，基本也没怎么吃亏。

"别动，全部别动。"这时，方凯冲到了温泉池边，在他身后是一群全副武装的警察。

"你……你是警察？"捂着一只青眼的程浩一看就明白了，还没等他再说话，范天平睁开眼看他背对着自己，伸手拽着他的头发往水里浸。

"赶紧把他们拉开，都给我拎出来。这怎么还打起来了呢？"方凯指挥着，几个警察也纷纷跳进了温泉池，把这些扭打在水中的人拉开。

## 2

范天安的两部手机在不停响铃和振动,他抓起这部回个消息,拿起那部再回个信息,耳朵上挂着蓝牙耳机,嘴里还在说:"压住,把你们收到的风全都压住,哎呀,费用我回头跟你结算,你还信不着我范天安?"

张怀仁跷着二郎腿坐在会议室里,饶有意味地看着他,一脸轻松。

"张总,现在已经有七家媒体申请采访您了。他们希望通过任何一种形式,得到我们怀仁康泰对于小秦岭村民聚众维权的官方态度。"郭蓓连门都没敲就进了会议室。

"郭秘书,请注意你的措辞,这不是聚众维权,是聚众闹事。"范天安把蓝牙耳机摘下来对郭蓓说。

"对,范总说得对,不愧是滨城公关界第一人,每一个词都要斟酌。"张怀仁一指范天安对郭蓓说,"你要学着点儿。"

"这都快十二点了,如果不给他们一个官方说辞,明天滨城市所有媒体都会用头版头条来扩散小秦岭的环境污染状况,现在他们要人证有人证,要物证有物证,局面对我们非常不利。"郭蓓急不可耐,看都不看范天安一眼。

"不要急,千万不要急,网络时代,媒体消音是不可能的,舆论只能引导。老百姓关注的是热点和爆点,是非不重要,对错不重要,关键是我们现在需要另一个,起码表面看起来更具传播力的事件来吸引炮火,转移注意力。普通群众的记忆只有三秒。"范天安伸出三根手指说。

"要不,我闹个绯闻?"张怀仁坏笑说。

"你就不怕我姐回国找你算账?"郭蓓紧张的神态也轻松了下来。

"张总这个思路对,信息点是可以制造的。咱们共同来想几个方案,看有没有什么能让媒体转移视线的大新闻。"范天安手插口袋转来转去地喃喃自语。

"筹备上市怎么样?"郭蓓想了想说。

"什么?"范天安难以置信地看向正皱着眉头的张怀仁,马上意识到这是怀仁康泰内部的重要战略规划,被郭蓓这个董事长秘书一不小心给说漏了。

"喀喀,我们公司近期还有许多重要动作要做,上市是公司创建当天就开始筹备的了,不算新闻。"张怀仁摇了摇头。

"那……要不然你还是闹绯闻吧,我和我姐解释。"郭蓓说。

"范总,你替我宣布一下。明天起,怀仁康泰在小秦岭的生产工厂正式停产。"张怀仁敲了敲桌子,若无其事地说。

"什么?"范天安现在比不小心得知他们正在筹备公司上市还惊讶,"那里可是您的大本营。"

"大本营起了哗变,该搬就搬。这几年和那些目光短浅的村民又吵又闹,烦了,刚好我在其他地方看中了一块合适的地,谈判进程很顺利,不如趁这个机会过去做个了断。"张怀仁看着范天安问,"范总,这个新闻释放给媒体,够分量吗?"

"够,太够了。"范天安掏出手机对郭蓓说:"我这就给媒体写篇通稿,麻烦郭秘书告诉跟咱们有合作的平台以及KOL,明天早上八点十五集中发。"

"那剩下的事情,就请范总多多辛苦了。你办事,我放心。"张怀仁拍了拍范天安的肩膀说。

"我会启动信息监测,争取在明天中午前彻底打散负面信息的扩散势头。"范天安头都不抬地说,"危机危机,每一次危难中其实都藏着机会。"

范天安绝不肯错过客户在危难关头送上来的机会,一下楼,他在便利店买润喉糖时就拨通了范妮妮的电话:"妮妮,你拿到的那几个offer定下来选哪个了没?"

"还没呢,二爸,我是天秤座,这又是我的第一份工作,总得纠结一下吧?好不容易结束了十几年的寒窗苦读,我得多玩几天。"范妮妮在电话那端撒娇说。

"你明天就去怀仁康泰人事部办入职,就是你上次跟我说起咱爷儿俩有可能会有工作接触的那个怀仁康泰保健品公司。"范天安看着对面大厦上面几层怀仁康泰的办公区说。

"这……太仓促了吧?"范妮妮迟疑地问。

"二爸不能坑你,就这么办,我明天去接你,带你来办入职。"范天安说完不容置疑地挂了电话,把买好的东西扔在柜台上结账走人。

范天安没注意到,他和侄女打的这通电话被同样在便利店挑选咖啡的郭蓓听了个清清楚楚,郭蓓看着他消失的背影,轻蔑一笑。

## 3

方凯走进审讯室的时候,范天平已经被晾了一宿,他不隶属于犯罪团伙,但他未经批准饲养狼这种高攻击性野生动物,这种行为本身已经构成违法犯罪事实。这会儿他被铐在一把长椅上,百无聊赖,眯一会儿醒一会儿的。

见到方凯,范天平挤出一个笑脸,这小伙子不错,去饲养基地时,帮他给小狼崽子剁过肉馅,没想到是个无间道。

"平头哥,都是老朋友了,你没什么隐瞒的吧?"一身警服的方凯坐在他对面,泛起了像之前化装侦查时一样玩世不恭的笑容。

"报告,我交代,我和程风在监狱里认识的,我俩以前是狱友,还有赵老六。程风知道我以前弄过狗场,雇我过来帮他养狼,其他事我不知道,人家也不可能告诉我。"范天平耸耸肩。

"程风有没有和你说过他这个公司都靠啥挣钱？"方凯抬头问。

"报告，说过，放债、看场子、开洗浴中心。"范天平说。

"程风、程浩两兄弟任法定代表人的公司，是一个具有黑社会性质的组织你知不知道？"方凯突然脸色一板，猛地拍着审讯桌问。

"我就是个养狼的饲养员。按时报账，到月领钱。我在饲养基地干了四年半，根本没人管。也就程风活着那会儿，时不时领人到那里装装大尾巴狼。我平时跟他们都不来往。要不是程浩非开什么例会不可，他们那伙人，我认都认不全。"范天平一摊手说。

"今天你们为什么打起来？"方凯敲着笔录本问。

"他们想关掉饲养基地，把狼都宰了。"范天平抠着手上的死皮说，"那狼都是我喂大的，能让他们给宰了吗？程浩这小子，变着法儿跟我耍流氓，呵呵，我书念得少，能动手尽量不吵吵。"

"你这脾气一上来，倒是天不怕地不怕，老大都敢打。"方凯被范天平的样子气乐了。

和队里开会讨论完处理意见后，方凯按照范天平提供的手机号码，拨通了他家属的电话，电话那端是个女孩的声音。

"你好，哪位？"女孩问。

"你是范天平的女儿范妮妮吧？"方凯机械地问。

"我把电话给他弟弟。"女孩说完，三秒钟后，电话那端一个中年男人的声音响起："你好，我是范天安，请问你是哪位？"

"这里是滨城市公安局刑警队，由于范天平未经林业部门批准，非法饲养野生动物，已被公安机关依法予以行政拘留，拘留期限为十五天，地点在滨城市第一拘留所，现特口头通知家属，请家属在其行政拘留期限内来滨城一趟签署知情确认书，并缴纳罚款一千元整，否则公安机关不排除对其提起公诉。"方凯拿出一张行政拘留通知流程书念着。

"一千？一百都没有。我拜托政府多关他几年，千万不要让他回家。"对方说完就把电话挂了。

范妮妮接过范天安手中的电话，又把它甩到了旁边的沙发上，端起茶壶给范天安的茶杯里倒了一杯茶。

"下次再有这种事情，你别把电话塞给我。"范天安皱着眉头说。

"哎呀，二爸。你做危机公关的，处理麻烦不就是工作吗？咋还挂人家电话，这显得多不专业。"范妮妮嘻嘻笑着说。

"知道我为什么能把处理麻烦当工作吗？就是因为你爸给我创造了先决条件，他这人就是个大麻烦。"范天安哼了一声，"他说是去郊区养猪，人家公安说是去养狼了。"

"还不是为了挣钱养我。"范妮妮吐了吐舌头。

"他能挣几个钱？二爸的家业都是给你准备的嫁妆。"范天安溺爱地看着侄女说。

"二爸，你为啥一定要让我去怀仁上班哪，还不许说咱俩的关系？"

"怀仁正在筹备上市，一旦公布你挤破头都进不去。上市就意味着员工人人都有好处，以后等内部招股时，二爸给你钱，能入多少入多少。"范天安笑着说，"到时候我闺女可就是小富婆了，还用得着你爹挣那仨瓜俩枣的吗？"

"发财了发财了，我就知道跟着二爸有肉肉吃。"范妮妮连忙起来给二爸捶肩膀。

"这叫未雨绸缪提前亮。可惜不知道他们新厂打算建在哪里，不然光这条信息就能大赚一笔。"范天安叹息一声说。

"二爸，我算看明白了，我爸是啥祸都敢惹，你是啥钱都敢挣啊。"范妮妮听得是瞠目结舌。

"你少拿我跟他比，你那个爹是烂泥、朽木、咸鱼、死猪。"范天安恨铁不成钢地说，"他要是我弟，我一天打他八遍。"

"算了，你打不过他。"范妮妮乐了。

"这倒是，你那个亲爹别的不行，就这一样行，打架行。"范天安想想，也乐了。

方凯下班刚回家，就接到了范妮妮的电话。那边的声音一点儿都不像之前交流的时候那样漫不经心，语气中充满了担忧。

"警官你好，我是范天平的女儿，我叫范妮妮，我想问一下，我父亲现在怎么样了？"

"哦,刚刚我和你叔叔已经说过了,他的行为已经触碰了法律红线。你们家赶紧派人到滨城来一趟交罚款吧。"方凯解释。

"一千,对我家来说也不是小数目,能不能少一些?"范妮妮小心翼翼地问。

"开什么玩笑?哪有跟执法机关讨价还价的?"方凯气得直接挂了电话。

范妮妮刚挂了电话没多久,方凯与手机号关联的微信收到了一条好友添加请求,是范妮妮发来的,方凯想了想点了通过,范妮妮就这样加入了他的好友列表,但两人谁都没有先说话。

## 4

张怀仁在会议桌的主位上,接过郭蓓递上来的打印文件,上面是一些关于怀仁康泰保健品公司的网络信息搜索。张怀仁简单扫了一眼,满意地点了点头。

"老范,还是你行啊,这手声东击西玩得妙,现在都在讨论我们主动向村民做出让步全面停产的事情了,而且还在帮他们算账,怀仁康泰搬离小秦岭,地方上少收了多少税,之前聚众闹事的消息没人看了。"张怀仁乐了,把文件放到桌子上。

"群众需要的是新鲜和热闹,而这两点,都是可操作的。"范天安得意扬扬地说。

"范总在公关方面绝对是一等一的高手,白天见您都不太敢认了。"郭蓓坐到张怀仁身旁一脸讥讽地说。

"郭秘书,您就那么想晚上见我?"范天安阴阳怪气地说。

"姐夫……"郭蓓转脸要向张怀仁告状,张怀仁根本不理她。

"老范,咱们得商量点儿大事了,新鲜热闹又可操作的大事。"张怀仁用手指敲敲桌子说。

"您准备公布新厂的择址地点了吗?"范天安眼睛一亮。

"新厂还在筹划中,这个信息不着急公布,但是老厂的货仓需要清库存,特别是之前的第一代怀仁胰宝,你研究研究,看能不能搞个活动,迁址之前来一次集中处理?"张怀仁看着范天安问。

"需要清仓的怀仁胰宝还有多少货值?我根据货值来想一套切实可行的执行方案。"范天安觉得这种大甩卖没什么意思,最多赚个吆喝钱。

"第一代怀仁胰宝是我们怀仁康泰保健品公司的明星产品,第二代产品的研发阶段已经基本完成,现在小秦岭的货仓那边还有一亿八千万的货值。"郭蓓翻着自己的笔记说。

"一亿八千万?想要集中处理?"范天安惊呆了,他没想到是这么大的一次销售活动。

"对,能处理多少就处理多少。新厂启动后,二代怀仁胰宝会换个包装重新上市。"张怀仁点点头说。

"总算能把我换掉了。"郭蓓长出一口气。

"背影而已嘛,又看不出来。"张怀仁笑着说。

"嗯,局部特征并不明显。"范天安心不在焉地点点头随声附和。

从怀仁康泰回家的路上,范天安脑袋里全是关于那一亿八千万货值的怀仁胰宝清仓回馈的事情。张怀仁已经开出了条件,只要方案可行,并且最终达到了目的,范天安领个零头,至少也可以有一笔几百万的账面收入。

一路上,范天安都有一些不真实的感觉。忽而觉得自己即将陡然而富,忽而又恐怕自己最终竹篮打水。

就在这种恍惚中,范天安一走神儿,直接撞上了前面的一辆小货车,追尾了。

"你怎么开车的?眼瞅着红灯了,还往前冲。"前面小货车的司机下来就斥问范天安。

范天安先看了一下自己的越野款名车,发现没什么大的问题,着力面积较小,反倒是撞掉了前车的后轮挡板。再一看司机一边嚷嚷一边回头看自己的车货厢,顿时知道这车里的东西不能外露。作为一个危机公关大师,范天安太知道如何找反方弱点了,明明现在是他全责,可对方的表情给了他攻击其弱点的机会:"你车上是什么?盖得那么严实?"

"我空车,什么都没有。"司机目光游离,明显在说假话,他看到范天安车后又停下来一辆车,表情突然缓和下来。

"二白话,你开车怎么这么不小心?"一个瘦得跟猴子一样的中年人一见是范天安,乐了,对愣在那里的小货车司机挥挥手,"没事了,你开车先走吧。我们私下里协商后面的事。"

"孙猴子,你不在动物园待着,跑大马路上要什么金箍棒啊？让我看看你们这车里装了些啥。"范天安趁小货车司机还没上车，上前两步掀开帆布，只见一双双闪着寒光的眼睛齐齐看向他，十几只狼躁动起来，纷纷想往外扑。

"你手咋那么欠？"孙猴子连忙把他扯回来。

"这是……狼？"范天安还想不明白为啥这些狼开始整齐划一地对着刚刚落下的帆布叫，叫声凄惨无比。

"园林局刚从一个涉黑团伙那里缴获了十几只狼，我那儿条件有限养不了，准备送到兄弟单位去。"孙猴子也奇怪，到小货车那里掖了掖帆布，示意车可以开走了。

"那你整得跟做贼似的干吗？"范天安气乐了。

"运输野生动物需要手续，办起来十分麻烦，这些狼吃了我好几天的肉粮还没都饱呢，伺候不起了，先送过去再到那边补手续。"孙猴子叹了一声，"我那点儿家底你也知道，游客三五个，猛兽六七只，也就猴子多，还不能撒手不管，这帮家伙吃一顿，我们那儿就少一天口粮。"

"早跟你说挪个地方，动物园能有啥前途。"范天安一腆肚子，一副小人得志的嘴脸，拍了拍这位老同学的肩膀说。

"不跟你唠了，我得赶紧把狼送过去，还得再接几个外国送过来做交流的新物种，唉，钱少事多瞎忙活。"孙猴子摇头晃脑地上了自己的车。

"过几天我去找你要修车费哈。"范天安吼了一嗓子。

"滚。"孙猴子开车和他擦身而过的时候，竖起一根中指骂了一声。

范天安不知道,这一车狼都是自己哥哥范天平养大的,见了和主人一模一样的一张脸,已经饱受惶恐的狼群以为总算解脱了,却没想到范天安根本不认识它们,一路上所有的狼都在不停嚎叫,搞得司机不停按着车喇叭来掩饰后面的声音,幸好城市里多管闲事的人越来越少,车子才能平安抵达目的地。

其实这会儿,范天平也在想念自己的那些狼,他百无聊赖地用手指在拘留所监室内的地上画着狼群的样子,直到外面说有人探视。

"你干啥来了?我过几天就出去了。"范天平一见女儿,垂下了头,这世界上他最怕的就是两个女人,一个是生他的,一个是他生的。

"交罚款,顺便来重温童年记忆。"范妮妮瞪着父亲说,"听说你现在连狼都养了?行啊,不知道花钱养娘,光知道花钱养狼。"

"我就是个饲养员,花钱的是老板。"范天平辩驳。

"你别以为我还是三岁小孩,我自己不会打听啊?你帮姓程的两个兄弟养狼,谁欠了他们高利贷,你就放狼咬人。"范妮妮自己摆出一副要咬人的样子说。

"别瞎说,我从来没让我养的狼咬过人,它们温驯得很,公安局都说我只是拘留不用判刑,交完罚款就不提起公诉了,这不正说明我是清白的吗?"范天平有些得意地说。

"你还清白？你出淤泥而不染得了呗？你知道你得交多少罚款吗？"范妮妮翻了个白眼。

"不知道。"范天平低下头说。

"一千！"范妮妮挠头说。

"你跟你二爸先借点儿，我出去了还他呗。"范天平想了想说。

"你咋寻思的呢？他烦死你了，我都不敢在我二爸面前帮你说话。你俩可真是举世无双，没你们这样的一对兄弟，半辈子谁也不爱搭理谁，处得水火不容。"范妮妮瞪着范天平，"他宁可把钱扔河里都不会给你交罚款。"

"要不……"范天平欲言又止。

"你少打我奶奶主意，她刚过几天好日子。"范妮妮没好气地说，"钱交完了，出来抓紧找个工作还我吧。"

"你才毕业哪儿来的钱？"范天平惊了。

"这下踏实了，风吹鸡蛋壳，财去人安乐。"范妮妮叹息说。

方凯在门口看到范家父女在探视接待室中吵架，轻叹着摇了摇头，范天平的女儿果然是炝着火生的，昨天看到她在朋友圈发了一张自拍，感觉也挺温柔的呀。

范妮妮出了接待室，看到院子里站着等待管教提在押人员的方凯，两个人对视了几秒钟，互相点头示意。方凯正在犹豫要不要开口打个招呼时，范妮妮掏出了手机，方凯就把话咽了回去。

手机上，是一条银行发来的入账短信，上面显示范妮妮的卡上多了五万块钱，附加备注：让他滚回黄龙镇伺候你奶奶。

## 5

在一间宽敞明亮的雪茄吧里,张怀仁接过一个衣着暴露的服务小姐递过来的雪茄,轻轻吸了一口,一脸满足。

"张总,土地用途变更已经搞定了,下一步您是不是要杀进黄龙镇带领我们大干一场了?"一个面容凶狠的中年男人给张怀仁倒了一杯红酒问。

"河西那块地迟迟没批下来,新厂只有规划面积的一半,这会儿公布怕出什么意外,再等等吧,等等赵镇长那边的进展情况。"张怀仁拍着坐到他身边的姑娘大腿说。

"您是在省内私营企业里排名靠前的纳税大户,他老赵还想不想出政绩了?我可是连身家性命都搭上了,我打电话催催他。"男人气呼呼地掏出手机说。

"把手机放下。徐雷,明说了吧,你那片破荒地,除了面积大之外，没有任何吸引我的地方。要不是和小秦岭那帮土老帽儿闹得越来越僵，动静也越来越大，我根本不想挪窝。那边的风水多好哇，左山右林，中间还有条小溪。"张怀仁的手指在姑娘身上游走。

"既然有了新的，咱就别再念旧了。张总，我把地给您，人给您，心也给您了。只要有您一声令下，上刀山下火海，我徐雷义不容辞。"徐雷放下手机端起了酒杯，看张怀仁没有和他碰杯的意思，自己仰头一饮而尽。

"如果一个人不够聪明又不够有能力，那他想发财就只能靠运气了。运气这东西，看不见摸不着，却有用完的那一天。徐雷，你运气够好的了，一个拿把破刀干屠宰的小混混，赶上了好时代，在从上到下都鼓励扶持养殖业的当口，稀里糊涂圈了这么大一块地。正愁没钱圆你那发财大梦呢，我就来给你接盘买单，全员整编了。"张怀仁突然脸色一沉，"你呀，要不想把自己的运气用完，就要学着少表态，多观察，不该你操心的事情不要管，特别是赵镇长那边。"

"明白明白。"徐雷擦了擦肥脸上的汗紧张地说。

郭蓓陪姐姐在美甲店里坐了一下午，天都快黑了的时候，郭蕊才对两只手上的十个指甲全部满意。摆摆手刷卡，姐妹俩上了一辆豪华轿车。

"你这趟国外可没少待呀，一去就是仨月，当阔太太就是好。"郭蓓看着比她大十岁，却显得跟她年纪相仿的姐姐，羡慕地说。

"我也有我的工作,姐姐的辛苦,你是不会明白的。"郭蕊笑着说。

"人世间的好运气都被你占了,你还辛苦?"郭蓓百无聊赖地坐在副驾驶上翻着白眼说。

"运气就是核心竞争力,要不然网上为什么有那么多星座血型风水专家呢?"等红灯的时候,郭蕊照着车里的一面小镜子欣赏了一下自认为完美的面容说。

"我可跟我姐夫说了,最多干到新厂搬完家,我就不再给你当卧底了,咱也出国玩一圈,也好好享受一下人生。"郭蓓摇头,一副受不了姐姐的样子。

"你还真以为你能看住张怀仁?我让他把你带在身边,是想让他保护你。有他在,李子洋那条疯狗不敢再回来咬你。"郭蕊冷笑一声说。

"狗屁,他怎么保护我,最后不还得是警察出面解决。"郭蓓一听李子洋的名字咬牙切齿地说。

"唉,张怀仁是什么人?你打听打听外人就知道了。你当初要是不报警,呵呵。"郭蕊欲言又止。

"我要不报警,他就打死我了,现在一到阴天下雨,我这肋骨还疼呢。"郭蓓揉着右下肋说。

"你呀,不但瞎,还傻。"郭蕊目视前方猛踩油门,跑车进入了加速状态。

在公司开了一个头脑风暴会议后,范天安觉得自己老了,一屋子的小年轻,在说起如何为怀仁康泰保健品公司搞这次大型促销活动的时候,每个人的创意都超出了他的想象。特别是一个叫秦明亮的客户经理,比范妮妮的年龄大不了多少,来公司刚刚两年多,居然抛出了一个来一次网络直播秀的创意,这让范天安眼睛一亮,虽然没有当场表态,却在心中开始推演这个方案的可行性。

"明亮,你是哪个学校毕业的?"范天安调整了一下自己的椅子问秦明亮。

"东北师范大学。"正在侃侃而谈的秦明亮被范天安一个不相干的问题打断,有些发蒙。

"今年多大?"范天安一副笑眯眯的样子确实有些让人心慌。

"二十七。"秦明亮说。

"哦,没事了,你继续说。"范天安心满意足地点点头。

"是这样的,现在直播平台这么火,我们可以在怀仁康泰的直营店面做地推的同时进行信息发布,搞一场针对中老年客群的网络直播展销会,即时预订,在线支付,送货上门或者到店自取。"秦明亮稳定了一下情绪说。

"就像电视购物栏目一样吗?"范天安低头记着笔记说。

"电视购物必然是,甚至已经是进入历史垃圾堆的事物了,现在是KOL时代,怀仁康泰的怀仁胰宝包装盒上不是有个女人给父母送健康的背影吗？这次我们找到这个模特，进行简单的培训后，在直播现场，专由她来主持，为产品站台，这也能带一波流量话题。"小伙子指着PPT上的怀仁胰宝外包装说。

"那个，是他们早期临时拍的，这模特是张总的秘书。"范天安考虑了一下，没有跟团队解释，郭蓓不仅是秘书，还是张怀仁的小姨子。

"这更加顺理成章了，自己人主持演说自己的产品，只要她是个语言表达没问题的人，我觉得很有必要尝试。有咱们这些帮怀仁康泰深入浅出地普及品牌形象的策划，放个傻子上去照本宣科都行。"秦明亮说。

"你把方案进一步完善一下，尽快发到我邮箱，我再思考思考。"范天安摸着下巴说。

当天晚上，秦明亮正在加班，只见范天安来到了他的工位上，这位老板一反之前在单位里面色冰冷的常态，带着满脸慈父般的笑容，看得秦明亮不寒而栗。

"方案进行得怎么样了？"范天安不让秦明亮起身，按着他的肩膀问。

"还在弄，范总您放心，我今晚通宵也要把它搞出来。"秦明亮敲了一下电脑键盘说。

"小秦哪，你这么晚不回去，对象不惦记呀？"范天安拉了把椅子坐到了他身边。

"我没对象。"秦明亮又转头去看电脑。

"没对象好哇，家里还有啥人哪？"范天安亲昵地拍了一下秦明亮的大腿。

"范总，我，我喜欢女的。"秦明亮像触电般一惊，从椅子上跳起躲出老远，"您别这样，我喊人了……"

"你这是啥孩子呢？想哪儿去了。"范天安一皱眉头，掏出手机翻出了范妮妮的照片，"我侄女，漂亮不？"

"挺漂亮的。"秦明亮脸通红，过来一看范妮妮的照片，眼睛就直了。

"加油工作，我可以考虑考虑，介绍你俩交个朋友。"范天安站起身来，回头又看了看秦明亮，"小伙子想太多了。"

## 6

范妮妮和父亲一前一后从滨城市第一拘留所往外走,范天平不停回头看着那道门。

"别回头,人家都说了,出了这里千万别再走回头路,你是不是没记性?"范妮妮转身扯着范天平不让他回头看。

"你不回头咋知道我回头了呢?"范天平嘿嘿一笑。

"我和你能一样吗?你是刚放出来,我是接你的人,我又没在里面待过。"范妮妮气得直跺脚。

"咋没车呢?"范天平看看周边空旷的路问范妮妮。

"爹,我雇个八抬大轿来抬你呗?"范妮妮翻了个白眼,"我刚上班没几天,身上没钱了,二爸给的钱不能乱花呀,咱还是走一段路去坐公交车吧。"

范天平嘟嘟囔囔被女儿拖着向前走,方凯开车从拘留所出来，见前面是他们父女，一脚刹车踩到他们身边。

"捎你们一段？"方凯按下车窗问。

"不用了，谢谢。"范妮妮正拒绝呢，发现她爸已经绕过车身拉开副驾驶的门坐了上去。

"上来吧，我到市区再把你们放下。"方凯看着范妮妮左右为难的样子，咧嘴一笑。

"你这么大岁数怎么一点儿好赖都看不出来呢？谁车都敢上。"范妮妮上车后就捶了她爸肩膀一下。

"咱俩11路得走半个小时。"范天平双手抱在胸前说，"人民政府为人民，捎一段怕啥的？"

"怕再把你捎进去。"范妮妮翻了个白眼。

"你把我们警察想得也太不近人情了吧。"方凯一边启动车子一边笑着说，"虽说我们对待犯罪分子如秋风扫落叶一般残酷，但对人民群众可是如春天般温暖。"

"我不是犯罪分子，我必须有春天的待遇。"范天平嘿嘿一笑。

"刚出了秋天就想要春天，你也不怕感冒。"范妮妮怼了她爸一句。

"我怕你。"范天平缩着脖子说。

"没想到你平头哥也有怕的人，嘀，有怕的人就好，起码不会不管不顾地走下坡路。"方凯迅速看了一眼这对父女，"你们去哪儿？"

"去长途客运站。"范妮妮见范天平犹豫，接过话茬儿说，

"买张车票把他送回黄龙镇。"

"要回乡谋发展了？"方凯看了看欲言又止的范天平说，"回乡好，在城里要没个正当职业和稳定的收入，还得出问题。"

"听见没有？你就跟我奶奶种点儿菜喂喂猪，我上班了，工资够养你的。"范妮妮说。

"我有手有脚用你养什么呀？我要向你奶奶学习，自强自立。"范天平嗔怪道。

"好意思说，那是因为你没正事，我二爸每个月都给我奶不少钱，把你那份儿也给出了。"范妮妮气得扒着椅背吼。

"我俩之间不能算账，谁让他比我晚生五分钟呢。"范天平嘟囔。

"哟，双胞胎呀，你是哥哥，弟弟得是啥样啊？"方凯乐了。

"范老二？滨城名流，哼，天天小嘴儿叭叭的，白话白话就能挣钱。"看向车窗外的范天平话虽这么说，酸酸的语气中也不无骄傲。

"我二爸做的那叫危机公关，你不懂别瞎说。"范妮妮气得又开始敲她爸的椅背。

"危机公关我知道，那可是门学问，你们这双胞胎老哥儿俩……反差还真挺大，嚯，很难想象。"方凯在等红灯的时候，认真地看了看身旁坐没坐相的范天平，用力脑补也想象不出来他这长相一副职场精英的打扮会是什么样子。

范天平几乎是被女儿范妮妮强行塞进了开往黄龙镇的大客

车。范妮妮走出客运站时,只见方凯正在一边喊着一边追着一个年轻人跑,就在前面的人快要接近范妮妮的时候,她突然高高抬腿就是一脚,踹到了对方肩膀上,那人扑倒在地。

"小样儿,我停车的时候就看出来你是个小偷,转悠十分钟,才挑了个带小孩儿的下手,心够黑的。"方凯喘息着坐到小偷身上,抬头对范妮妮说,"谢了。"

"警察同志,你这体格有点儿弱呀。"范妮妮笑着挤对了方凯一句。

"小姐,我今天穿的是警服皮鞋,还不敢离他太近,肯定不可能一启动就扑住哇。"方凯看到客运站警务室的人来,把小偷交给对方说。

"想象不出来你不穿警服啥样。"范妮妮挑挑眉毛说。

"有机会换身便装让你看看。"方凯检查着自己的着装和形象说,"真没想到,你身手比你爸还好,那一脚踢得漂亮。"

"不会夸人,只有形容我长相的时候,才应该用上漂亮这个词。"范妮妮眯着眼睛笑了,"我爸根本没正经练过,完全是凭他那些从小打到大的打架经验出手。我二爸说,他那是瞎打,很难看,所以早早就让我去练跆拳道了。"

"有意思,那哥儿俩,老大有勇,老二有谋,你倒是文武兼备,成了你们家里最厉害的那个。"方凯上下打量了一下范妮妮说。

"那你是没见过我奶奶。"范妮妮想了想说,"她才是我们家最厉害的那个。"

7

范老太太七十一了,心态上觉得自己只有一十七呢。她每天早上坚持去附近一个烧锅酒铺门口的小广场锻炼,别的老太太跳广场舞,她耍红缨枪,有人叫好的时候,更是来劲。

等耍完出了身透汗,烧锅酒铺的门市部也开了,范老太太会打半斤纯粮食酒带回家,中午二两,晚上三两。但这天,她打了一斤,还顺手揪了一把门市小伙子的脸,搞得人家满脸通红。

范老太太今天有事,因为老孟头从海南回来了。

老孟头是黄龙镇当年首屈一指的文化人,当过老师做过校长,退休后还一度被单位返聘,去文化馆指导整理卷宗工作,指导没多少日子,文化馆黄了。就在那年,老孟头的老伴儿没了。

老孟头守着和老伴儿一起生活的那幢老房子办了个辅导班教中学生英语,就在那时,送范妮妮去上辅导班的范老太太认出了他，这不就是自己当姑娘的时候，去青山屯里插队落户的知青嘛。

从那以后，老孟头就成了范老太太的生活辅导员，孙女考上大学后，她还隔三岔五上门讨教，为表谢意，给老孟头送烙饼，搞得跟当年给知青点送饭一样。范妮妮每次回来都劝奶奶直接表白，可范老太太觉得眉来眼去的暧昧才是最美的状态，气得孙女直翻白眼。

近几年老孟头最小的儿子在海南开饭店挣了些钱，一直苦劝父亲过去帮他管账，大儿子、二女儿和三女儿都没啥能耐，得知弟弟上赶着要给父亲养老，当然乐见其成。

整个黄龙镇，唯一为老孟头海南之行烦恼的人就是范老太太，原本以为到嘴的鸭子，这是要飞呀。

范老太太可不是一般人，既然你回来了，甭管是不是来拿东西的，就是不准再去了，反正暧昧期也享受完了，必须下手了。她都想好了，这事今晚就办，哪怕老孟头体格不行，即使是诈和，也得把这碗米煮成夹生饭。

老孟头其实对范老太太的想法也是心存已久，这老太太虽然泼辣，但对自己是柔情似水。大儿媳妇有一次跟老头顶嘴，被范老太太知道了，出门就把她车轮胎给捅爆了，眼瞅着她拎了杆红缨枪，站在车旁边横眉立目，大儿媳妇咽了好几口唾沫也没敢吱声。

黄龙镇谁不知道她范老太太的厉害？没见过她的人，也听说过她那杆枪，说捅人她是真敢捅啊。

老孟头晚上来之前，还特意吃了药，什么降压的降糖的管心的管肝的吃了一大把，就怕一激动掉了链子。可一进范老太太家，老孟头身子还是一哆嗦，三间屋子，里里外外又是粉又是红，到处都是布娃娃，这分明就是祖孙俩的闺房，香水味儿都快把菜味儿给盖住了。

"我大孙女给我镶的钻，好看吧？我可得意了，blingbling的。"闲谈几句，喝了两口酒，范老太太把手机壳展示给老孟头看，老孟头这会儿才注意到，她居然还做了美甲。

"喀，你想说闪闪发亮是吧？英文词典里没有这个词，闪闪发亮的英文是 twinkle。"老孟头用手指在桌子上写了一下正确的英文单词。

"哎呀，人家哪有你学问大。"范老太太撇了撇嘴撒娇说。

"这不是学问大小的问题，是严谨，态度要严谨。"正襟危坐的老孟头觉得自己一身虚汗。

"嗯，我就喜欢你的严谨，以前那会儿，你连一年吃多少棒苞米都记得。"范老太太回忆说。

"我那是因为得存苞米瓢子到冬天生火，怕被偷，都穿起来记上了。"老孟头苦笑说。

"那时候，我们村看上你的可不少，唉，可惜我没那么出众，进不了你的法眼，原本以为这辈子没指望了。没想到给孙女报个辅导班都能再遇上你，当年的一汪春水，又被这一阵晚风给

033

吹皱了。"范老太太生硬地念着孙女帮她攒的词表演道,"你这个糟老头子坏得很。"

"哪有?"老孟头嘿嘿一笑,他确实对自己如今这岁数还能有这种魅力骄傲得很,笑容十分得意。

"你瞅你吃得一嘴酱油,早知道做清蒸鱼,不做红烧鱼了。"范老太太看时机差不多成熟了,从桌子上拿起张餐巾纸,就去帮老孟头擦嘴,顺势一倒,身子就歪进了老孟头的怀里,"哎呀——"

"妈,我回来了。"范天平风尘仆仆地推门而入,一进屋就看一个老头抱着自己的母亲,当时就急眼了,"干啥呢?"

"那个……擦嘴。"老孟头不认识范家兄弟,一见进来这位,知道是范老太太儿子回来了,赶紧撒开范老太太。

"我知道你偷吃,这是吃完了呗。"范天平过去把差点儿摔倒的母亲扶住了。

"你不都死外边了吗,回来干啥?"范老太太劈头盖脸就给了儿子两个大巴掌。

"单位黄了,老板让人逮起来了。"范天平被老娘打习惯了,躲都不躲,"我不回去了,就在家伺候你了。"

"滚,我用你伺候哇?有多远给我滚多远。"范老太太叉着腰骂儿子,"让你回来你不回来,一年到头见不着人,不让你回来偏偏回来,滚。"

"那个,你们娘儿俩先唠,我回去了。"老孟头觉得十分尴尬,范老太太当面教子,这太有辱斯文了。

"你走啥呀?咱俩就在一块儿过呗。这是我家,不是他家。"范老太太拽着老孟头不让走。

"过吧过吧,我不管你们的事,我吃口菜暖和暖和就上前屋烧炕睡觉去。"范天平看见桌子上还有菜,抓起个猪蹄子就啃。

"你还是先陪儿子吧,看这样他饿坏了。"老孟头挣扎着拿起围脖和大衣说,"孩子总也不回来,你给他把菜热热再吃吧。"

"这活驴吃冰坨子都能对付饱。"范老太太一看留人无望,回头又捶了范天平一拳。

## 8

范天安已经在怀仁康泰保健品公司的会议室里唾沫横飞演说一下午了，他讲解的PPT正是秦明亮写的方案，一场关于网络直播互动式销售的大型清仓回馈活动。

怀仁康泰的各级领导对这个方案都表现出浓厚的兴趣，特别是张怀仁，感觉这个新奇的创意完全有可能让怀仁胰宝销售爆棚。

唯一提出异议的人是郭蓓，她坚决不同意自己的形象和怀仁胰宝绑在一起，搞得人尽皆知，这太尴尬了。

"如果强迫我出镜，我就辞职。"会议室里，当着所有人的面，郭蓓对张怀仁明确表态。

"范总，主持人人选的事情，我们是不是可以再考虑一下？必要的话可以高薪聘请。"张怀仁想了想对范天安说。

"我觉得郭秘书是上佳人选,毕竟她在我们的产品包装盒上已经出过镜了。虽然只是背影,美女转身噱头十足。"范天安笑眯眯地看着气呼呼的郭蓓说。

"你死了这条心吧,谁愿意去谁去。"郭蓓说完把会议纪要一推,拂袖而去,留下了一屋子瞠目结舌的人。

"我看,我们可以再拟一下备选人选。"秦明亮被屋子里尴尬的气氛吓着了,开口想帮默不作声的范天安打个圆场。

"不行。"范天安大声拒绝,他被自己手下这突如其来的表态搞得有些狼狈,连忙清清嗓子掩饰说,"只有郭秘书才是最权威的怀仁康泰代言人,她可以从产品和形象两方面代表怀仁康泰向市场发声。"

"这个,范总,她的情况你也是知道的。"张怀仁一脸苦笑对范天安说。

"张总,您是做大事的人,可不能感情用事。这次活动不仅是形象推广,要承担这么重的销售任务,没有郭秘书这个上佳人选,我心里没底呀!"范天安一副忧心忡忡的样子。

"这个我们会下再商讨一下吧。"张怀仁犹豫着点了点头。

范天安铁青着脸在前面走得很急,秦明亮拎着电脑包在后面一路小跑追着他。上了车后,范天安并没有发动车子,而是转头阴晴不定地盯着秦明亮的脸看,像是不认识他一样。

"范总……"秦明亮吓得脸色煞白。

"说错话了知道吗?你怎么能在甲方面前突然告诉对方我

们可以更改已经提报的方案呢？这是公关人最大的忌讳。"范天安气得直拍方向盘。

"我……"

"你还想解释什么？你知道不知道他们那个郭秘书是张总的小姨子？"

"不知道。"秦明亮蒙了，这个信息此前范天安一直没有和他说过。

"你也说了，傻子上去主持都没有关系，我之所以同意你的方案让她上，并且没有告诉你这个信息，就是因为她这人比张总还难对付，拖款，退稿，临下班了发工作单，这都是她干的。人家是一家人，咱们投诉无用，说理无门，这次我的目的就是逼她主动和张总闹情绪，最好被张总调离身边。你脱口而出告诉甲方这个方案可以推翻重做，长脑子了吗？"范天安连珠炮一样的责难倾泻而下。

"范总，对不起。范总，对不起。"秦明亮只敢重复这一句。

"多亏我反应得快，皮球踢给了张怀仁，这种错误以后你永远不可以再犯，否则趁早离开公关这行。"范天安发动车子说。

"记住了，我以后再也不会了，范总。"秦明亮低头说。

"行了，记住就行了。"范天安缓和了一下情绪，转头问秦明亮，"晚上去哪儿吃饭哪？"

"我父母都不在滨城，自己好对付，回去随便煮个面吃就行了。"秦明亮忐忑说。

"年轻人，不能祸害身体呀。"范天安仿佛忘了刚刚自己斥责对方的样子，一副慈父般的口吻，"跟我走吧。"

"这，不合适吧？"秦明亮犹豫地说。

"我今天约了我侄女吃饭，虽说是侄女，跟亲闺女一样，她那个不靠谱的爹也不管她，算是我把她养大的，你们都是年轻人，可以先认识认识。"范天安说。

等在一家高档餐厅的范妮妮一见范天安进门时带着秦明亮，刚介绍完，就明白了二爸的意图。她大大方方地和秦明亮握手打招呼，然后把菜单递给了范天安："二爸，还是你点吧，这儿太贵了，一道菜的价格够我在学校吃一天的。"

"范小姐你随便点，今晚我买单，感谢范总对我的栽培，也很荣幸今天能认识你。"秦明亮连忙又给范妮妮要了一份菜单。

"回去了？"范天安看着菜单没头没脑地问了一嘴。

"回去了。"范妮妮嘻嘻一笑说。

"败家玩意儿。小时候让你奶奶操心，长大了让我操心，老了老了又得让你操心。"范天安叹息一声。

"范小姐，你为什么叫范总二爸呀？"趁这爷儿俩沉默的片刻，秦明亮连忙找话题。

"因为亲爹不靠谱，二爸最伟大。"范妮妮拉着范天安的胳膊摇晃着说。

"有机会见到令尊大人，一定把你这话向他传达。"秦明亮笑着说。

"帮我看一下信息。"范天安听到桌子上的手机响起短信声音时,正在和服务员点菜,随口就对范妮妮说。

"天哪,我奶奶摔了。"范妮妮一看手机弹射一样站了起来,上面的信息显示:"范天安,我是邻居老孟,你母亲摔倒了。"发来信息的手机号码是范老太太的。

"打电话。"范天安也顾不上点菜了,连忙抓起手机打范老太太电话,那边挂断了没人接听,再打就关机了,"你爸不是回去了吗?打他电话。"

"也关机,他手机在拘留所拿到手就没电了,估计还没充呢。"范妮妮抓着手机手足无措。

"奶奶多大年纪了?"秦明亮问。

"七十一。"范妮妮回答。

"往回走。"范天安也不管服务员的侧目了,抓起车钥匙起身就走。

"我跟你们去吧。"秦明亮说,"我年轻,能干点儿体力活儿,万一需要搬搬扛扛……"

"不用了,谢谢你。"范妮妮礼貌地拒绝了秦明亮,快步去追赶范天安。

"败家玩意儿,刚回家,老太太就摔了,肯定是打他的时候他躲了。"一路小跑的范天安嘴里还不忘抱怨哥哥。

从滨城市到黄龙镇正常车速需要一个半小时,范天安一路疾驰,一小时就到家了。他和侄女小跑进院,一推屋门,就见堂屋里跪着个人，老太太拿着一截红缨枪的枪杆，正在敲打昏昏欲睡的大儿子。

"什么情况？"范妮妮愣了。

"抓紧把他整走，我看他烦。"范老太太捅了一下，范天平打了个激灵。

"妈，你都吓死我了。"范天安看老太太没事，一身的汗水瞬间凉了下来，打了个冷战说。

"这家就跟旅店似的，他想回来就回来，想走就走，我不要他了，少在我跟前待着，滚滚滚。"范老太太盘腿坐在炕上，中气十足。

"你别看我，我不帮你说情。"范妮妮一看跪着的父亲转头看她，翻了个白眼，过去揉着老太太后背，"奶奶，你就算跟我爸生气，也不能说谎啊。"

"你还真盼着我摔个跟头哇？"范老太太瞪了一眼孙女。

"我可不敢，这不是二爸惦记嘛，正给我介绍对象呢，一看你有事，我俩赶紧往回跑。"范妮妮笑嘻嘻地说。

"我妮妮大了，是该谈对象了，这事可不能耽误，你们抓紧回去吧，接着介绍，靠谱了给我领回来。"范老太太一听孙女想谈对象，也忘了生气了。

"妈，你遛狗呢？"范天安气乐了。

"遛你咋的？把这大狗也给我牵走。给他在滨城找个工作，这才多大呀，就想告老还乡，还不到五十呢，法律规定，六十才能退休。"范老太太敲着炕沿说。

"我不管他。"范天安从进屋到现在，一眼都没看过哥哥。

"小兔崽子，你不管谁管，他是你哥，从小就帮你打架，你上学的时候净指着他往家挣钱，现在你发了，就连你哥都不管了？"范老太太急了。

"我管得过来吗？他帮我打了几架，帮他那些狐朋狗友打了几百架，不是派出所就是公安局，前几天连刑警队都惊动了，才出拘留所，你还敢把他往滨城送？"范天安也急了。

"大兔崽子，你又进去了？我说你回来得这么消停呢，多大岁数了，要不要点儿脸哪？"范老太太抬手又是一巴掌打在范天平脑袋上。

"得得得，奶，你消消气，现在他们都已经是老兔崽子了，我爸脑袋不好使，我怀疑就是你打的。"范妮妮一看奶奶手重，爸爸不躲，连忙跑到中间当缓冲。

"孟老师说过什么来着，那个成语叫什么来着？就是跟啥人学啥样……"范老太太揉着太阳穴，也不知道是生气还是在想成语。

"近朱者赤近墨者黑？"范妮妮一看奶奶摇头又问，"见贤思齐？"

"对，见贤思齐，你看我大孙女脑袋多好使。这就是和你二爸待时间长了，要是跟你爸混，没准儿像他一样傻。"范老太太说，"二安子，你要是孝顺，就把大平子也带你身边去，让他思齐思齐，咱家你是明白人，得一个一个带呀。"

"妈，你能不偏心吗？我咋带他，这么大一个玩意儿。"范天安这会儿才恶狠狠地瞪了没心没肺到跪着挨打都不耽误点头瞌睡的哥哥一眼。

"我老太太命苦哇，男人没得早，一把屎一把尿把两个儿子拉扯大，一奶同胞的一对双，还要闹分家，一点儿都不知道相互关照，有出息的不想管这没出息的，让我老了老了也省不下心。"范老太太摆出一副要哭的架势。

"行了行了行了，奶，我把我爸带走，我养他，这都闹的什么事呀？"范妮妮一看奶奶开始撒泼，连忙劝解。

"你咋养活他，干啥啥不行，吃啥啥不剩。"范天安皱眉问。

"二爸，我既然走上社会参加工作了，就能负担起给我爸养老的责任，你甭管了，让他跟我过就行了。我租的小屋子虽然小，爷儿俩也够了，我打地铺他睡床。"范妮妮拽了一把范天平，范天平跪地上睡得晕晕乎乎，被猛然一拽打了个激灵，差点儿摔倒。

"你们看看，你们看看我养大的孩子，多刚强，哪像你们这俩浑蛋？"范老太太用手指着两个儿子骂。

"我俩不也是你养大的吗？"范天平一脸认真地问老太太。

"滚！"范老太太气得尖叫一声，从炕上下来踢范天平。

范天安铁青着脸和哥哥侄女上了车，范妮妮陪着出了门就一直傻笑的范天平坐在后座。

"真打傻了？"范妮妮伸手过去摸了摸爸爸的额头。

"连咱妈都烦透你了，你还有脸笑？"范天安启动车子后，转头瞪了哥哥一眼才开车。

"咱妈不是烦我，是嫌我耽误她好事了。我回来的时候，屋里有个戴眼镜的老头，他俩……都啃上了。"范天平笑着说。

"范天平你嘴上有把门儿的没？"范天安一脚刹车停住了，气得转头对侄女说："妮妮给他开门，让他下去，爱去哪儿去哪儿。"

"行行行，我不说了。"范天平气呼呼地说。

"那是你亲妈，胡说八道。"范天安拿他没办法，车子又动了。

"我没胡说八道，亲眼所见，你急什么呀？我又没拦着她搞婚外恋。"范天平嘟囔。

"那叫黄昏恋，爸，你今天看见那位肯定是孟老师，老头人不错，和我奶认识好几十年了。我奶跟我说过，我给她出了不少主意，反正我是支持她寻找幸福。"范妮妮说。

"支持，我闺女支持，我也支持。"范天平点头说。

"滚吧你，到了市区抓紧跟你闺女过去，千万别跟我联系。"范天安咬牙切齿地说。

范妮妮看着面前的兄弟俩紧张了一路，二爸一直开车不说话，不知道在琢磨什么，爸爸却心极大，睡得鼾声大作。进了滨城，范天安按照以前送过她的路径，把她送到了租住的小区楼下。

"你别晃悠他了，抓紧上楼睡觉吧。"范天安扭头对范妮妮说。

"他咋整？"范妮妮担心地问。

"我能不管他吗？"范天安苦笑说，"上辈子欠他的。"

"二爸你真好。"范妮妮从后排凑过去亲了一口范天安。

"对了妮妮，今天带你见那小伙儿怎么样？"范天安见范妮妮下车，按下车窗问。

"和你挺像。"范妮妮想了想说。

"这是觉得他好还是不好哇？"范天安乐了。

"我怕你。"范妮妮说完，吐了吐舌头，小跑着进了玄关。

范妮妮虽然是被二爸范天安养大的，但她并不认可范天安凡事必先讲利害的作风。秦明亮越像范天安，就越会让她厌恶，小小年纪就知道见人说人话，见鬼说鬼话，在她看来，这种人根本靠不住。

9

坐在书房听着隔壁客房范天平震天响的呼噜声，范天安气得直挠头，他是真烦他哥，没心没肺直肠子，四处惹祸讨人嫌。

因为父亲走得早，范天安从小就知道上进，听老娘的话，心无旁骛地读书学习。范天平小学没念完就跑去跟社会上那些人鬼混了，打起架来手特黑，范天安快考大学那会儿，赶上下岗潮，他们那比较乱，可即便这样，也没人敢惹平头哥的弟弟，甚至他所在的那所高中，社会流氓都不敢去捣乱。

范天安大二的时候，范天平第一次进监狱，蹲了三年，出来后，范天安已经在省城找到工作了，范天平就在老家结了婚，还弄了个狗场养狗卖钱。可好景不长，范妮妮八岁时，因为被学校的一个男老师打了一巴掌，范天平再次暴怒，把对方打了个脑震荡，还伤了一只眼睛。这次是蹲监狱十年，等他出来的时候，孩子都已经考上了大学。

范天安疼范妮妮，主要是老婆王靓因为身体原因无法生育，两口子感情也不好，她去年年底出了国，可也没办离婚手续。之前他一直想让范妮妮毕业后来这里住，结果招人喜欢的闺女没来，招人烦的爹来了。

现在麻烦了，这个不靠谱的家伙工作没了，连老娘都不要他了，自己这个当弟弟的，还得安排他干点儿啥。范天安想到这个就头大，关键是自己公司范天平没法儿去，大字不识几个，混在写字楼里干什么？当保安都怕他把别人得罪了。

范天平如果有简历的话，工作经验一栏里应该写着：有着丰富的打架斗殴经验，无论单挑还是群殴，只有他不想打的架，没有他不敢打的架，生死看淡，不服就干。

到底应该怎么安排他呢？范天安越想越烦，范天平的呼噜声越打越大，气得范天安拎着个抱枕，冲到客房扔过去砸在他的身上。

范天平一把把抱枕打到一边："别闹，睡醒再喂你们。再往我身上跳，我就让你们唱一天《饿狼传说》。"

范天安听了后，突然想到之前范妮妮跟他交代的情况，这位老先生非法饲养了几年狼，就因为这个才被公安机关法办。

狼？那天孙猴子运送的不就是狼吗？对，那孙猴子是滨城市动物园园长，动物园是个不跟人打交道的单位，如果把范天平送到孙猴子那儿找份工作，消消停停地待着不挺好吗？难不成他还能钻进笼子里和老虎打一架?

范天安和孙猴子是大学同学,在上下铺睡了四年,现在这老小子还有点儿把柄在自己手上,揪他的小辫子那是熟练工种。范天安一想到这儿,心里就踏实了,起码有地方安置范天平了,至于钱不钱的不重要,只要他不惹祸,那就是省钱。

范天平醒得早,才六点多一点儿。昨晚是怎么回来的,他都不记得了,最后残留的记忆片段是自己上了弟弟的车,两个人一如往常拌了几句嘴。

上午快十一点的时候,范天安醒了,过去敲敲客房门,塞给他一套洗漱用品,兄弟俩也没寒暄,各自整理好后,又在客厅碰了面。

"饿了。"范天平小心翼翼地说,"我翻了冰箱,吃了两张塑料袋里的凉薄饼,不好嚼。"

"冰箱里哪有饼?"范天安赶紧过去扯开冰箱门一看,"这是面膜,我晚上敷的进口面膜。"

"哪有老爷们儿敷面膜的?"范天平翻了个白眼。

"哪有老爷们儿吃面膜的?"范天安也翻了个白眼。

兄弟俩像照镜子一样,想想都笑了,范天安的笑容稍纵即逝,范天平的笑容尴尬地被晾在了中途。

"走吧,咱俩去吃口饭,带你找个地方去上班。"范天安拿起车钥匙。

"跟你一起上班哪?我不行。"范天平赶紧退后两步。

"我那是跟人打交道的工作,你当然不行,我给你找个跟禽兽打交道的活儿吧。"范天安说,"正好适合你。"

车子沿着范天安住的小区往东走了三四公里,只见前面有个年久失修的大门,上面挂了一块掉了漆的牌子,上面写着:滨城市动物园。

"孙园长,你好哇。"

听见声音,孙猴子一抬头就愣了,两个范天安一前一后走了进来,这两人穿着一样的衣服,刚才是谁开口,他还真没看出来。

"天安?范天安?"孙猴子左看看右看看。

"你瞅你那样儿。"范天安向前一步捶了孙猴子一拳,"我哥,你没见过,范天平。"

"你好你好。"孙猴子和抻着脖子往外看的范天平握了个手,转头对范天安说:"咱俩认识二十多年了,咋从来没听你提过呢?就知道你叫二白话,没想到老大在这儿呢。"

"我哥没见过啥世面,平时也不往城里来,没必要提这个。"范天安转头以前所未有的亲热对范天平说:"哥,你上外面随便转转,我和孙园长聊几句天儿。"

"啊?"范天平一听范天安叫哥,顿时愣住了,自从范天安上了中学,就再没叫过他哥。

"你愣头愣脑瞅啥?让你上外面去看狮子,看老虎,对了,找找看有没有狼。"范天安推了范天平一把,他才一步三回头地走了出去。

"狼没有了,都送走了。"孙猴子起身给范天安沏了杯茶。

"我知道,你违规运输野生动物那段视频,还在我车的行车记录仪里存着呢。"范天安眯着眼睛一笑。

"咋的,咱俩铁了这么多年,你还能告我咋的?再说了,我到地儿第一时间就补办了手续,还能让你挑出毛病来?"孙猴子乐了。

"不闹了,不闹了,其实我这次来,是想找你要一个人情。"范天安坐到孙猴子的位置上摇头晃脑地说。

"啥人情?要是想让我和你狼狈为奸,搞些阴谋诡计什么的,请免开尊口。"孙猴子把他放到桌子上的脚拍了下去。

"我有个事求你,我哥来城里想找份工作,你知道我那儿都是人精,他这人脑子笨,连车都不会开,根本不适合跟我干,我想请你帮忙给安置个活儿让他干。"范天安说。

"我说刚才看他有点儿愣呢,敢情你们家心眼儿都让你长了,一个奸一个傻呗?"孙猴子笑完后摇了摇头,"兄弟,不是我不帮你,我这儿是'数控化'单位,知道啥叫'数控化'不?人和动物都是有数的,少一个动物需要填表,多一个人也要上报。"

"我又没让你给他开工资弄编制,我哥这人好面子,总想自力更生,你就给他随便找点儿活儿,看门打更扫地望风都行。至于工资,我出。他在你这儿,算是个免费劳动力。"范天安一拍胸脯。

"你越这么说我越不敢留了,你范天安粘上毛儿比猴都精,你家这位范老大,该不会是真傻吧?这院子里,能听懂人话的可没几个,万一他不小心让狮子老虎给伤了,那可会酿成大祸,搞不好会出人命的。"孙猴子说。

"你才真傻呢。我想到让他来你这儿,是因为老大以前在黄龙镇弄过狗场,专门喂养大狼狗,不信你先留两天试试,拌食喂料都没问题。"范天安一听孙猴子说他哥傻,当时就急了。

"拉倒吧,拌食喂料可用不着他,我们这儿安全和卫生问题天天有人过来查。"孙猴子想了想说,"他胆子大不大,有没有啥忌讳?"

"胆子大不大分咋说,上台讲话他不敢,洪水猛兽倒没有怕的。"范天安以一种公关人的严谨,没明说他哥胆子大到就差包天了。

"我们后园西北角有个小角门,平时就是走垃圾的,角门旁边有几间小房,里面是小型火化炉,还有些大冰箱冻了些做标本的尸体,简单来说,就是动物园的火葬场兼停尸房。我们这儿每天一早一晚走垃圾车都得有人跟着跑,谁也不愿意去那儿看门。你们回去再商量商量,老大要是没忌讳又不嫌弃,他要能在那儿帮我们看看门,帮着搭把手处理一下动物善后工作,工资肯定不能全让你出,我再想想办法。"孙猴子说。

"还商量啥?今天就上班,让他住这儿。"范天安坐直了身子当即拍板。

"我咋觉得又上了你一当呢？"孙猴子认真地看了看范天安，觉得这哥们儿答应得太爽快了，像是巴不得把他哥按在这一样。

范天平像视察一样背手腆肚满动物园闲逛，忽然园子内几个人纷纷往一个方向跑，范天平顺着其他人跑的方向溜达过去，十来个动物园的员工凑在一个偌大的笼子前像在围观什么。

"都瞅啥呢？"范天平把脑袋凑了过去，问身边的一个小伙子。

"平头哥又钻老虎笼子里了，咋就这么能作死呢？"小伙子转头扫了范天平一眼，就又盯着虎笼看了。

"谁？谁钻老虎笼子里了？"范天平一听平头哥，以为对方在说自己呢，但看着又不像。

"哎呀，平头哥，蜜獾，上周孙园长带回来那个，现在咱园子里的一号刺儿头。"小伙子头也不回地说。

范天平也看向虎笼，只见虎笼的外面是一个巨大的铁笼，里面有兽栏和虎穴，在铁笼里，一大一小两只老虎左右闪扑，它们中间是一只昂首叫嚣、猫般大小的小动物，平整的灰白毛顺着额头直连尾端，像是件银质披风，除了这件披风，身上其他地方的毛则是深褐色的。这小家伙一脸呆萌中露着凶相，频频左右转头，对两只老虎不停龇牙。

"这家伙逃逸能力全园子最强，根本看不住，逃了还不往外跑，就是干哪。谁跟它有仇，它就上门找人寻仇，记性可好了。前天把虎爸的脚咬伤了，被虎妈扫了一尾巴，看来不把这窝老虎干服，它是决不罢休。"小伙子跟他旁边的人说。

"这么大点儿个小玩意儿，不够老虎一口的。"范天平看着实力悬殊的对阵双方，哑然失笑。

"这你可看错了，别小瞧平头哥，这家伙不但狠，还会打呢。上次老虎一家子都没整死它，这不又来了？"小伙子冲着要对笼中猛虎主动发起攻击的平头哥吼了一嗓子："干就完了。"

"还看热闹，再伤一只老虎又得花好几千块钱。"一个端着麻醉枪的管理员跑了过来，指挥离虎笼最近的猛兽区驯养员，"我放完枪后就准备开小笼门，伸网把那个祸害给我捞出来。"

"这一枪五百八，麻醉药。"小伙子摇摇头，"园林局最担心老虎出事，平头哥专爱跟老虎干，嗨，就因为刚来那天虎妈吼了它一声。"

"它记仇，咱搭钱，干了四五场，仨月奖金都搭进去了。"管理员瞄准说，"我恨不得这是杆猎枪，一扣扳机就崩了这个孽障。"

"这家伙可真够剽悍的。"范天平看着叼着老虎嘴不松口的平头哥说，"比我都猛。"

053

## 10

一盏名贵的吊灯下,一张圆桌旁坐着几个中年男人,桌面杯盘狼藉,所有人都喝得东倒西歪。

"领导,我必须敬您一杯,三十年河东,三十天河西呀。一个月内,河西那块地就搞定了,您的干劲儿和力度,值得我们认真学习。"徐雷站起来双手捧杯,对一个领导模样的人说。

"领导的干劲儿,你学不了,这叫厚积薄发。是不是呀,赵镇长。"张怀仁眯着醉眼说。

"怀仁,你别在这儿给我一语多关,你心里那点儿龌龊想法还能瞒得住我?"赵镇长满脸通红,微垂着头,从眼镜上方看着张怀仁。

"这样,我和徐雷一起敬您一杯,祝您万事如意,步步高升,在把握组织原则的基础上,繁荣市场经济,为黄龙镇的腾飞再立新功。"张怀仁也举起酒杯哈哈一笑。

"鱼与熊掌,就是要兼得才是席呀。"赵镇长左右开弓和他们碰杯后一饮而尽。

"河东河西也要兼得才能唱好一台戏。"张怀仁也一饮而尽。

"我徐雷是个杀猪的粗人,没有二位的学问,但我的一片忠心,苍天可鉴,二位有用得着咱老徐的地方,尽管开口。"徐雷豪爽地把干了的酒杯往桌子上一放说。

"你认识他吗?"赵镇长一脸认真地转头问张怀仁。

"不认识。"张怀仁笑容僵在脸上,抿嘴摇了摇头。

"老徐呀,你喝多了,去洗把脸醒醒酒吧。"赵镇长拍了拍徐雷的肩膀。

张怀仁手机响了半天他都没理会,他早看到是老婆郭蕊打过来的电话了,这会儿见赵镇长教育开始胡言乱语的徐雷,为了撇清关系,向在座的出示了一下手机上的显示,笑眯眯慢悠悠地走出了房间,到走廊时,脸上的笑容已经没了。

"你疯了吧?我在别墅这边呢。"张怀仁看着门口,门内的隔音很好,一点儿声音都没外溢,但他仍然压低声音对电话那头吼了一句。

"我在别墅外面呢。"郭蕊说。

"等着。"张怀仁挂了电话就往楼下走。

别墅外面是一个山体小区,每一个垂直落差层都有一栋别墅,除了建筑体还有一个不小的院子,盘山而上的路是双向四

055

车道的内部道路,郭蕊的车就停在张怀仁别墅院外的车道上。

"干吗来了?"张怀仁上了郭蕊的车,两口子像接头一样在一个私密空间里异常见外地见面了。

"蓓蓓今天跟我闹了一下午,非要辞职不可,让她去现场直播做主持,你可真想得出来。"郭蕊翻了个白眼。

"不是我的主意,是公关公司出于销售任务和品牌形象需要才做的这个方案。咱们可约法三章过,我做公司经营,你只能协助不能干涉。这会儿正是紧要关头,我今天连黄龙镇河西那块地都拿下来了,马上开始的营销动作会影响未来的一揽子计划,怎么可能由着她性子来,这又不是儿戏。"张怀仁说。

"她是我妹妹,不是你的公关道具,不要挑战我的底线。"郭蕊掏出一支烟来塞到嘴里,看张怀仁皱眉,没有点燃又扔到了外面。

"你吼什么吼,怕人听不见吗?话说白了吧,你我之间早就没什么夫妻感情了,但我们永远也分不开。说同案犯也好,说合伙人也好,在一片大好的形势下,必须统一目标搏一搏,拿地迁厂上市。我不管你哄也好骗也好逼也好,这个阶段,郭蓓必须配合我的一切决议。"张怀仁非常自然地拿起车上郭蕊喝了一半的矿泉水,咕咚咕咚全喝光了。

"你回去吧,蓓蓓那边,我想办法。"郭蕊叹息了一声看着丈夫说。

"你把国外的事情都安排妥了?是不是随时都可以过去?"

张怀仁认真地看着郭蕊的眼睛说。

"嗯。"郭蕊点了点头,"真有风吹草动,坐上飞机就安全。"

范妮妮很少到酒吧来,一来就觉得头晕,可是闺密非要来酒吧庆祝一下209寝室的四姐妹都成功拿到了人生第一笔正式工作后的薪水不可,所以就被她们拖着来了。

震耳欲聋的音乐、眼花缭乱的灯光、目眩神迷的人们,他们有些在买醉,有些在自拍,还有一些狂欢乱摇,一片群魔乱舞的场面。

范妮妮坐在角落里成了个局外人,她的面前摆着一瓶一口没动的啤酒,冷眼看着姐妹们一个一个来来回回折腾,安静得与整体环境格格不入。至于酒吧的人,与她根本没有关系,她甚至恍惚如神游太虚,视觉与听觉系统都关闭了。

方凯看见了范妮妮,心里一阵狂喜。此时的方凯一身社会大哥的打扮,正站在一张小圆桌旁和两个流氓交头接耳。

事实上,方凯这次又来执行化装侦查任务,他已经看见了自己要逮的那个小毒贩,那小子正在四处游移找一些熟面孔兜售软性毒品。方凯可以肯定,小毒贩身后一定有人在遥控着他,甚至就在这个酒吧里,和方凯一样用若即若离的视线吊着小毒贩。

方凯准备把小毒贩控制住,神不知鬼不觉地把他带走,可是这样难免打草惊蛇,遥控者如果跑了,后面更大的鱼就捞不着了。事出突然,同事们还没到,身边只有两个自己以大哥身份带来的小流氓,想打个配合都没机会。

就在这时,方凯看到了范妮妮,脑子里闪出一个绝佳的方案。

范妮妮自得其乐地发散思维想了半天明天应该怎么写市场营销报告,脑子里一张张 PPT 都快整理到 THANKS 了,突然被一个文着花臂的人打断了。

"美女,能赏脸一起喝一杯吗?"这小子嬉皮笑脸地端着啤酒坐了过来。

"滚。"范妮妮瞪了他一眼。

"赏个面子嘛……哎呀妈呀。"这小子刚把手搭在范妮妮的肩膀上,就被范妮妮揪住了他一根手指,一肘戳到了胸口。

"怎么回事?"旁边正在一脸坏笑偷录他们的另一个流氓见事不好,赶紧过来拉架。

范妮妮一看对方伸手过来,根本不容得他靠近自己,抄起桌上的啤酒瓶就砸在他的脑袋上,玻璃碎片如天女散花一样迸开,附近的男男女女全都叫骂着往外围躲,最外围的酒吧保安开始往里挤。

场面一乱,方凯就不见了,和他一起不见的,还有刚刚在人群中的那个小毒贩。

范妮妮从派出所出来的时候已经是东方既白,笔录做了,小流氓自己手机里就有录像,酒吧的一些损失却要赔偿,上班第一个月的工资刚攥在手里,还没等带些礼物去动物园看她爸呢,就不见了一大半,范妮妮心情特别不美丽。

"美女，上车吧，捎你一段。"方凯流里流气地对范妮妮吹了个口哨。

"你没穿警服，最好别惹我，我听这俩字儿就烦。"范妮妮看了看方凯，认真地说。

"刚才，谢谢你哈。"方凯缓缓开着车跟在范妮妮身边说。

"谢我为民除害呀，有代价的，能把刚刚赔的三千块钱给我报销了吗？"范妮妮停下脚步说。

"你要肯上车让我送你回家，别说给你报销三千，就算把这个月的工资给你，那都得说是我的荣幸。"方凯因为刚刚突审小毒贩获取了重要办案线索，心情格外好，嘴上也格外贫。

"你说的，我就要你这个月的工资。"范妮妮笑了，绕过车身，坐到了方凯车子的副驾驶位置上。

11

在动物园西北角门那里的火化室安置了一通后,范天平觉得这个地儿还真不错。一排小平房,最靠近角门的那间是他的门房打更室。火化室在另一端,跟个锅炉房差不多,机器操作也不复杂,动物尸体被送来后,直接放进炉中,电子自动点火一键操作,再出来就是骨灰了。打更室和火化室之间还有几间房子,堆了些杂物和大小冰柜,主要是动物尸体和骨架。

范天平胆子大到没边了,别说是个动物的往生站,让他待在火葬场炼人炉打更过夜他都不怕。

孙园长对园里的其他职工也都做了一番交代,就由着范天平当个编外员工帮忙。角门进出也不碍大家眼,平时那边也没人过去,不招灾不惹祸,自生自灭就挺好。

范天平没事闲着总跑到园子里转悠,看看这个动物活动状态，打听打听那个动物生活习性。他最爱去的就是那个养着平头哥的小蜜獾圈，时常还趁饲养员不在给蜜獾扔两块顺来的肉粮，没几天，小家伙一见到他去就开始招手了，自然界里有奶就是娘，动物园中谁对谁好，彼此都门儿清。

这天，范妮妮居然带着穿便装的方凯一起到动物园看他，搞得范天平十分疑惑，不知道这位警察什么时候和自己女儿关系这么好了，想问还不敢问，要说的话也不敢说，就待在打更室抽烟发愣，任由两个人参观他这排小平房里的动物遗体。

"爸，我觉得这地儿还真适合你，我二爸果然是个高人。"范妮妮转了一圈回来跟范天平说。

"范叔，你这儿可真棒，我老了都想来，要不你多干些年，我退休过来接你班吧。"方凯话音刚落就被范妮妮踩了一脚。

"报告，这是个临时工。"范天平条件反射般站了起来。

范妮妮翻了个白眼："你把他当晚辈就行了。"

"哦。"范天平又开始坐下抽烟发愣。

"你少抽点儿烟吧，我给你买了那么多零食，还有他给你弄的电影播放器，想打发时间别抽烟喝酒，注意点儿身体。"范妮妮把他的烟夺下来掐灭说。

"我又没毛病，没你二爸那么娇气，苍蝇抬腿都能把他踢个跟头。"范天平说。

晚上，范天平失眠了，他总觉得自己喉咙里卡着一块痰，但是咋吐咋呕都没有。这样折腾半宿也没睡着，就开始琢磨范妮妮和方凯的表现，自己闺女好像恋爱了，跟个警察。这让范天平觉得有些尴尬，有生以来第一次尴尬。这一小对要是真成了，见亲家的时候怎么办？人家儿子当警察，父母肯定也不一般，自己是个有前科的人，这不是给女儿丢脸吗？烦，很烦。

范天平上了个厕所，在里面洗手时照了照镜子，突然有主意了，嗯，到时候就让范天安顶替他见亲家。二爸也是爸，大爸也是爸，甭管咋个爸，反正都是爸，范天安身份体面，而且他那气场和那张嘴，别说见亲家人了，见皇家人他都敢说敢唠。

想到这里，范天平舒服了，倒在床上，第一声呼噜居然就把自己给惊醒了，这次嗓子里像是被塞进了一块硬抹布，差点儿背过气去。范天平坐直了喘息半天才缓过来，再做吞咽动作又正常了，这才回过神。

就在此时，外面传来咣咣的砸门声，范天平起床开门一看，只见饲养员周林和驯养主管蒋健英进来了，周林手上还倒拎着那只勇斗老虎的平头哥蜜獾。

"半夜三更钻虎穴，终于作死成功。"周林摇摇头往里屋走，到了火化室，把这小东西放在火化炉入口的自动平台上。

"这就死了？"范天平过去戳了一下，小身体毫无反应，脖子那里有个翻开了皮肉的大血口子。

"让虎爸虎妈合力给撕了，活该，让它天天找碴儿打架，死得好，你抓紧过来签个字吧。"蒋健英拿着折损动物处理单打了个哈欠说，"总算解脱了，它解脱，我们也解脱了。"

"连夜火化吗？"范天平签完字，又掉头看了一眼平头哥。

"当然，必须尽快处理死亡动物，这要是突然闹起瘟来，全院子都跟着遭殃。"周林说。

"你们处理吧，我回去睡觉了，值个班又被它折腾一气。"蒋健英说完厌恶地看了平头哥一眼，转身就走了出去。

"行吧，我添点儿油马上开炉。"范天平说完就去找油。

"老范，要不……你自己处理一下吧。"周林尴尬一笑，"我有点儿事，想出去一趟。"

"半夜三更干啥去？"范天平问。

"孩子才刚过百天，媳妇天天睡不着，我回去一会儿她就能睡一会儿。"周林搂着范天平的脖子往他口袋里塞了半包烟，"我们家就在后面那楼，你就是吼一声，我都能听见。"

"那你去吧，放心，我不能跟别人说。"范天平把烟又给他塞了回去，"这两天嗓子疼，可不敢抽了。"

周林走后，范天平把所有的准备工作都做完了，在启动火化键之前，他又过去看了一眼平头哥，这一看不要紧，遍体鳞伤的小家伙居然正在慢慢地蠕动。

"你咋活了呢？"范天平惊喜地问。

"吱吱吱——"平头哥虚弱万分却很强势地对着范天平想嘶吼。

"别吱吱了,幸亏我转身看一眼,要不你就成灰了。"范天平伸手过去,平头哥想咬他的手,却没力气抬起头,脑袋又耷拉到了一边,被范天平一把扶住,"哎呀,活回来就别死了。"

"吱吱——"平头哥用最后一丝力量龇着牙凶了一声范天平,再一次昏了过去。

12

老猫是个文身师，还是个夜猫子，一到晚上眼睛贼亮贼亮的，没错，他年轻的时候是个小偷。现在算是改邪归正了，但是作息时间还是没能调整过来，自个儿天天猫在一间挂着个文身招牌的一楼小户型里，一宿喝半箱啤酒。

知根知底找他的人，都是半夜来，老猫干活儿也喝酒，不喝酒的时候手哆嗦，一喝上酒，手反而不哆嗦了，出针稳，花样多，随便勾勒出来的一些图形都能成为客户的心头好。

这天老猫的小店里没人，他百无聊赖地右手啤酒左手手机，刷着小视频，嘻嘻嘻直笑。正美的时候，门被撞开了，一条拎着蓝白编织袋的大汉径直闯到了里间，把老猫吓一跳，等他看清来的人是谁，又乐了。

"平头哥，想文个啥？"老猫把啤酒和手机都放下问。

"文个它。"范天平从编织袋里拿出裹了层破床单的那只蜜獾，把它放在了文身客人躺的那张小床上。

"这啥玩意儿？好吃不？"老猫眯着眼睛看了看还在缓缓蠕动的小东西。

"我看你好吃，赶紧把它脖子上那口子缝上，能活。"范天平过去用双手轻轻捂着蜜獾被一堆棉球围堵上的伤口。

"大哥，你找错人了吧？我是文身的，不是缝针的。"老猫苦笑说。

"我就认识你是个摆弄针的。"范天平开始四处转悠，寻找他想象中的那根针。

"哎呀你别找了，我这儿压根儿就没针，都是电动的，就用那个机器干活。"老猫气乐了，转身不知道在哪里拿了两瓶药，"我也就能给它消消毒，它得找兽医。我听说你在动物园找了份工作，正想啥时候得空去看看你呢。这小家伙是动物园的吧？那里没有兽医管吗？"

"动物园确实有兽医，可这个点，人都下班了，电话也没打通。正好离得近，我就跑你这儿来了，看你能不能帮着想想办法，哪怕让它活到明儿，我再把它交给兽医。"范天平看着老猫在给蜜獾上药，小东西疼得吱吱两声又昏了过去。

"伤口还是得缝，创面太大了，醒了稍一活动，再扯开就完了。"老猫简单消毒后，看着仍然渗血的伤口问，"这是怎么弄的？"

"它找老虎干仗,让老虎给撕的。"范天平急得直转悠,"你说咱带它上医院去看看行不?"

"拉倒吧,带着动物去医院,保安不打你病人家属也急了,那是给人看病的地方。"老猫说。

"我不管,反正我必须救活它,这小家伙的性子我喜欢。"范天平过去抱起蜜獾说,"我这就带它去医院看急诊。"

"哥哥,我求你了,别没事找事。"老猫赶紧拦住他,"你这会儿跑医院去,根本救不了它,还反倒惹祸。"

"老猫,你被人砍的时候,我可没怕过惹祸。"范天平扒拉开老猫,用破被单细致地包裹起蜜獾。

"行了,平头哥,你这话都说了,我马上找人来,大伙儿出出主意,反正咱别的没有,这附近还有几个老哥们儿。"老猫说完从桌上拿起电话。

半小时后,小屋子里多了三个和他们年纪相仿的中年人,大家都满脸好奇地围观着仍在昏迷中的蜜獾,七嘴八舌出着主意。

"用缝衣服的针缝就行,缝密实点儿,肯定行。"一个光头大汉说。

"不行,别听洪亮瞎白话,没玻璃丝线,缝棉线,一撕就开。它是个活物,醒来一动,脖子拧几下就开了,绝对挺不到明儿早上。"另一个刀疤脸说。

"平头哥,这是个什么东西呀?"一个敞怀大衣里面穿着件睡衣的矮胖子问范天平。

"平头哥。"范天平这会儿就怕蜜獾醒，蹲在地上看着小床上的它随口应了一句。

"我问你它是个什么动物？猫不猫，狗不狗，也不像黄鼠狼，我活五十来年咋没见过这路玩意儿呢？"矮胖子凑过去问。

"二林子，你这五十来年，得有二十年是在监狱里待的，能见过啥？"刀疤脸嘿嘿一笑。

"它就叫平头哥，是种外国的獾子，咱中国没有，稀罕物种。"范天平站起来左右看看说，"你们谁认识兽医院的人？马上请来一个今晚能出急诊的，我花钱。"

"这还真不认识，认识个老中医，可人家也不治外伤啊，针灸能行？"洪亮想了想说。

"不行，必须缝针，还得缝得结实点儿，我看了，伤口离动脉挺近的，绷开就完了。"老猫找了一堆乱七八糟的东西，看着也都用不上。

"你一说缝针，我想起来了，以前咱号里不有个屁王吗？因为放屁让平头哥揍过好几次那家伙。他现在圈儿楼那边修鞋呢，我俩上个月还在他家喝酒来着。那小子缝鞋的针线，能不能给它用上？"刀疤脸问。

"靠谱，那个真靠谱。"老猫眼睛一亮，"刀郎，你有他电话吧？赶紧给他打电话。"

刀郎跑到外屋去打电话，几个人又回忆了一番当初的监狱风云，十年前，这屋子里的人都在另一间带着铁窗的屋子里。那时候的范天平是"牢头"，其他几个人也都是重刑犯，先后改造完毕后，发现社会变了。偷东西的发现没人带钱包了，抢劫的发现四处是摄像头，无论是主动还是被动，大家都各自告别江湖，回归了生活，过起了普通百姓的日子。

这次老猫半夜紧急摇旗子，说是平头哥有事，几个兄弟都从梦中醒来，赶紧赶到这边帮忙，结果发现，老大想要救一个小动物，可偏偏是这小家伙把大伙儿难住了。

"屁王不来。"刀郎回来后小心翼翼看了一眼范天平说，"他怕你。"

"他是恨你吧？"二林子冲范天平挤眉弄眼说。

"他家多远？"范天平问。

"倒没多远，这会儿不堵车，十分钟就能到。"刀郎想了想赶紧说，"平头哥，咱都好不容易出来的，别因为这么个小东西，再惹上场大官司。"

"带我过去一趟，我求他出手救救这小家伙还不行吗？"范天平非常焦急地说。

"你们谁见过平头哥求人？"老猫乐了。

"不动手？"刀郎犹豫了。

"我要是动手，我后半辈子都不出来。"范天平说，"就算今天他给我两个大嘴巴子，只要能救这小平头，我也认了。"

"嘿，小平头，这个名字好。"二林子笑着说。

屁王家住在一个老单元楼的顶楼，挂了刀郎的电话，老婆嘟囔着问是谁，屁王没理她，又用被子蒙上了脸，然而一个闷屁，把自己给臭着了。他这人怎么看怎么体面，鼻直口方，人到中年仍然高大俊朗，就是控制不住肠道排气，经常不合时宜地放屁，好在他老婆已经习惯了。

黑暗中的屁王想起了他们一起蹲监狱的日子，那会儿屁王是个诈骗犯，假装一个南方人，用蹩脚的口音骗了滨城市一家电脑公司价值数十万元的货而被公安机关法办，刚进号里的时候，大家对他也都还好，只是他这个屁控制不住，吃饭也放屁，睡觉也放屁。有一次正在打扫卫生时，路过范天平头上又是一连串响屁，把范天平气疯了，一顿暴打，从那以后，他都不敢沾范天平的边，睡觉都是一个头铺一个尾铺。

范天平刑期已满临走那天，所有人都上前表示了几句关切，只有屁王窝在角落里一动不动，范天平想主动过去和他告个别，被他一个悠悠长屁给崩跑了。

夜里两点多了，敲门声显得格外吓人，屁王让老婆别出声，自己翻身起床在卧室门口拽了一把摆设的东洋刀，凑到门前的猫眼看，只见刀郎站在他的门口，后面是一脸焦急的范天平。

屁王屏住了呼吸，想让这两人敲一会儿后没反应就离开，谁知上面忍住了，下面没忍住，一声嘹亮的响屁，把门口原本已经熄了的声控灯都给震开了。

"你别猫着了，我来求你的。我们单位有个小牲口伤了，这会儿兽医联系不上，也没地方缝针，想借你那套补鞋的家什儿用用。"范天平贴着门板说。

"平头哥，我们两口子都睡下了，改天吧。"屁王也贴着门板说。

"兄弟，我这真是遇上救命的事了，咱都是跑过江湖的，江湖救急你得帮我，哥给你磕一个行不？"范天平用脑袋顶着门板撞了几下。

"屁王，我们都在老猫那边呢，大伙儿急够呛，咱这辈子谁都没干过啥好事，好不容易发次善心，你要见死不救，可就没朋友了。"刀郎一看范天平急成那样，隔门哄着屁王说。

"你小点儿声，我咋没干过好事？我捐过款。"屁王压低了声音，生怕不隔音的老楼里会有邻居听到他以前进过监狱。

"你赶紧的吧，别磨叽，拿刀没用，你能打过他吗？再说，就你这小破木门板，一脚的事，我们是来求你请你的，不是来逼你打你的。"刀郎用手指敲了两下门。

"谁拿刀了？"屁王下意识把刀藏到了身后。

"兄弟，把小平头救活，这辈子再有人动你一个手指头，我不管你，我都是你孙子。"范天平拦住想继续敲门的刀郎说。

"行，你们等等我找东西。"屁王想了几秒钟，回去把刀放下找出工具箱。

回到老猫文身店的时候，那只得名小平头的蜜獾也刚刚醒过来，它丝毫不惧面前这几个面目狰狞的老流氓，一直试图挣扎摆脱老猫、洪亮和二林子的强行固定。

"可回来了，快点儿吧，这都疯了。"洪亮捂着被咬伤的虎口说，"我这闪得慢了一点儿，就被它叼了一口。"

"按住，屁王，我们几个按住它，你赶紧下手缝。"范天平过去用大手扳住小平头的脑袋，任它怎么晃动挣扎，都死死扳着不动。

"这么粗的线行吧？"屁王翻出了几圈线，找出最合适的一条线头。

"行，我一边洒药你一边缝，千万先把它固定住。"被刀郎换下来的老猫看看屁王的针和线，点点头去找药。

这次拙劣的缝合手术持续了一个多钟头，等全部完事，窗外已经是黎明前的黑暗了。小平头折腾没了体力，又被药物麻痹，再一次陷入了昏睡。几个老流氓总算松了口气，一人捧着一瓶老猫递上的啤酒，懒散地坐在屋子里。

"平头哥，小平头不是国内的，你咋整来的？"二林子突然问范天平。

"我弟给我找了个工作，在动物园打更，顺便看守火化炉，这小家伙已经被管理处宣布死亡了，要进炉子的时候我才发现它没死，咱都瞅见了，能不留住它这条命吗？看这样是能活，等动物园上班，我把它带回去交给兽医，让它养好伤继续跟老虎干。"范天平咧嘴一笑说。

"照你这么说，这真是个活生生的平头哥，跟你一样，上来脾气势不可挡啊。"老猫说,"屁王缝得密实,小平头咋折腾都撕不开伤口扯不着动脉,保它能活。"

"谢了兄弟。"范天平举瓶和屁王撞了一下。

"猫哥说得对,我是硬缝的,江湖救急,江湖救急。"屁王说完又放了个屁。

"屁哥,我有个事想打听一下。"洪亮煞有介事地看着屁王问。

"啥事?"屁王一直在椅子上左右扭着身子掩饰刚刚的屁声。

"你一天是不是得放一万个屁呀?"洪亮说完自己就开始哈哈大笑,整个屋子里的人都笑了。

## 13

郭蕊和郭蓓两姐妹趴在两张水疗床上,身上各有一个技师在踩她们的背。

"你呀,光想坏处不想好处。"郭蕊一脸舒坦地对妹妹说。

"有啥好处?和你家的买卖绑在一起,能有啥好处?我没你那么贪,钱够花了就行。"郭蓓翻了个白眼。

"这跟钱没关系,你姐夫搞得动作这么大,你要出镜可就红了呀。"

"鬼才稀罕红呢。"郭蓓哼了一声。

"你现在还只是你姐夫的秘书,老板的影子而已,如果展销会大获成功,顺理成章就是形象代言人了,代表了整个怀仁康泰,全公司都是你的保镖。"郭蕊眼珠子一转,"退一万步说,咱们的消费者,那些大爷大妈也都会拿你当孩子看,就算你那个前夫出来了也不敢找你,你还用得着胆战心惊吗?"

"你说得倒也有点儿道理。"郭蓓趁技师下去,翻了个身,想了想说,"不行不行,直播不像之前拍照,现场责任重大,万一搞砸了,好事变坏事,那姐夫这些年的苦心经营可就功亏一篑了。"

"不用担心你姐夫的事,而且我听说给你们做品牌的那个范大师,做了好几手准备,你在现场面对的,除了专家就是托儿,稳着呢。"郭蕊说。

"范天安这人,无利不起早,见钱才眼开,他这么谨慎,其实是怕搞砸他的牌子。"

"这不刚好?就得和这样的人合作,成为聪明人和精明人的战友,只要和他的利益绑定,麻烦事都让他去操心好了,你就出个人,露一露脸,说几句好话。"郭蕊一看有门儿,起身来到郭蓓的水疗床前,低头看着她。

"哎呀,姐,你把事情想得过于简单了,怀仁胰宝是公司的明星产品,消费者统计报告我天天看,用户成千上万,产品力直接和品牌形象挂钩,老范万一有个闪失,后果不堪设想。"郭蓓坐起来说。

"放心,有你姐夫在后面撑着呢,天大的窟窿他都有办法堵。"郭蕊转过身去倒水。

"唉,和姐夫比起来,李子洋根本就不是个人,我这辈子差点儿就毁在他手上,但愿他死在监狱里头。"郭蓓咬牙切齿地说。

范天安这几天就觉得嗓子有些紧，说话的时候会感觉有种隐隐约约的疼，特别是昨晚，刚要入睡那会儿，呼吸都困难了，疼得他跑到楼下便利店买了两盒润喉糖，还灌了好几杯冰水。

其实他的公司零零散散的小业务不少，只有怀仁康泰这个战略合作的大企业是由他亲自带的。三年来，怀仁康泰承担了平安伟业百分之七十五的业务额度，帮他装修了房子换了车，供养了老娘送走了老婆，准确地说，张怀仁就是他范天安的衣食父母，所以一点儿都马虎不得。

范天安人都已经到了医院门口，一听说怀仁康泰的郭秘书去了公司，赶紧掉头往回走，路过药店时，还买了一瓶润喉枇杷膏灌进去一半。

"范大师您可真忙，我还以为我们签的七乘以二十四小时服务是假的呢。"坐在范天安办公室里的郭蓓脸上虽然在笑，嘴上可不饶人。

"我还以为郭秘书会在晚上找我呢，没想到白天就来了。"范天安下意识地摸了摸喉咙，一语双关地怼了回去。

"我怕沾上不干净的东西，所以晚上不敢约您哪。"郭蓓咬牙切齿地说。

"听说郭秘书一直拒绝做我们这个直播方案的主持人人选，看来你对怀仁康泰的热爱和对张总的忠诚也都值得商榷呀。"范天安笑眯眯地说。

"信息不准确,我想明白了,准备挑战挑战自己的极限,露脸给公众看,可就不知道范大师的方案会不会露怯。"郭蓓看到范天安惊讶的表情,突然觉得这次自己的决定是正确的,起码打了范天安这家伙一个措手不及。

"郭秘书要真能露脸那可太好了,怀仁胰宝虽然是个成分复杂的明星产品,销售压力虽然也会被新媒体平台放大,但我想以郭秘书的能力,解决起来应该是不成问题的。"范天安话语中开始向郭蓓暗示难度。

"这都不是事,我天天听我们张总跟别人阐述怀仁胰宝的成分和功效,耳朵都快起茧子了,至于销售方面,今年的校招我们组了一队学生兵,冲劲足得很呢。"郭蓓说。

"今天郭秘书来,是来跟我立军令状的?"范天安突然想到,郭蓓所说的学生兵,其中就包括自己的侄女范妮妮。

"当然不是,是监督方案的细化情况,以免执行的时候出问题,咱们双方信息不通,会各执一词,闹得过于难看。"郭蓓冷笑说。

"行啊,我们项目组正在全力以赴,欢迎郭秘书常来陪我们加班。"范天安也皮笑肉不笑地说。

## 14

范天安第二天又没去成医院，车都快到医院门口了，就接到了张怀仁的电话，对方在电话中向他表示，郭蓓已经答应作为公司形象代言人出镜。范天安说这事他昨天就知道了。张怀仁不知为何显得很兴奋，让范天安立即赶到公司开会商讨接下来的推进计划。

范天安搞不清楚这姐夫和小姨子之间是怎么沟通的，但是作为乙方，他毫无办法，只能掉转车头往怀仁康泰公司开，一路上心里净是嗓子的事，不感冒不发烧却疼了好几天，不是什么好现象。

进了怀仁康泰保健品公司所在的那间写字楼的地下车库，范天安没有直接上去，而是从包里翻出了润喉喷雾，冲着口腔深处喷了几下，又把两片口香糖嚼了一会儿，不想让这个得罪不起的甲方知道他状态不好。

就在范天安做完这一切,想要推开车门往外走的时候,就听停车场传来了一阵吵闹,扭头一看,是郭蓓正在和一个高个子的光头男人争吵,两个人的情绪都很激动,还没等范天安支起耳朵仔细听听他们在吵些什么的时候,走到他车前的这一男一女就撕打了起来。

范天安正在犹豫要不要下去劝劝时,那男人突然从口袋里掏出一把刀对着郭蓓比画起来,吼了一句:"你不要逼我。"

这可把范天安吓坏了,居然有刀,他决定还是藏好自己,不掺和别人的事情了。范天安按下自动座椅,椅背缓缓下降,将他的身躯往下倒放,在平视的角度,他看到了最惊人的一幕:向上冲的郭蓓和拿着刀的男人撞到了一起,那刀像划开柠果皮一样划开了郭蓓的脸,从中涌出的不是黄色的汁液,而是红色的血。

一声凄厉的惨叫响起,范天安把车后座上的靠垫拿起来捂在脸上,仿佛这样就可以屏蔽掉外面发生的一切。他听着那男人仓皇的脚步声从他车边掠过,接着不知道过了多久,脚步声越来越零乱,七嘴八舌的嚷嚷声不绝于耳,再接着又不知道过了多久,地下车库重归寂静。

范天安在确认已经没人的情况下坐直了身子,一看时间,仅过去了短短的五分钟。从车里下去,右前方是一摊刺目的暗红色血液,那血还没有干涸。

上电梯的时候,范天安一直在不停地打哆嗦,电梯每停一层上下人时,他都哆嗦一下。结果到了怀仁康泰所在的二十层,他居然忘了往下走。

"老范,你来了。蓓蓓刚才在楼下出事了。我现在没时间和你开会了。"张怀仁把从楼上下来的范天安又挤回了电梯。

"出啥事了?"范天安强作镇定,明知故问。

"我刚接到保安电话,好像有人用刀把她给伤了,他们现在正在往医院走的路上。"张怀仁说。

"那您赶紧去吧,我不急。"范天安若无其事地安慰张怀仁。

"你看这事闹的,我本来还想着今天把新厂规划情况和你们都沟通一下,等我回来的吧。"张怀仁急匆匆地往外走,司机已经把车停在楼门前。

"张总,新厂到底落址在哪儿了?"愣了一下才反应过来的范天安追到门口问了一句,可是张怀仁已经把车门一关动身了。

张怀仁到滨城市第一人民医院的时候,郭蓓正在外科处置室,这会儿她躺在一张可移动病床上完全没有意识,在她的脸颊一侧,贴着一条长长的纱布。写字楼保安部的人陪同在旁边,见张怀仁来,纷纷让路。

"怎么还昏着呢?"张怀仁问正在洗手的医生。

"伤者刚来的时候挣扎太厉害,给了一针镇静剂,右颊伤口 4.2 厘米,鉴于是个女性,做了技术性缝合,等伤好了养养再做一下整形，疤不会特别明显。"医生以为张怀仁是郭蓓的爱人，耐心地解释。

"你们是怎么做事的？连租户的人身安全都保护不了。"张怀仁转头就开始训斥保安队长。

"吵什么！吵什么！这是你们吵架的地方吗？"几个警察鱼贯而入，为首的一名老警察扭头问医生："同志，请问伤者什么时候能醒？我们得给她做笔录。"

"还得半个小时吧，为了防止她情绪波动太大，我们为她注射了镇静药物，唉，毕竟是伤了脸。"医生对老警察说。

"你是她领导？"老警察问张怀仁。

"对，我还是她姐夫。"张怀仁点头说。

"这是我们在大厦保安室拍到的监控资料，认识这个人不？"老警察把手机展示给张怀仁看，只见画面上是一个持刀男人逃离地库的画面，正脸十分清晰。

"认识，这个人是李子洋。蓓蓓，哦不，伤者的前夫。前年吧，他就把伤者给打坏了，断了三根肋骨，被判了三年半，这怎么出来了？"张怀仁端详着照片难以置信。

"近期伤者有跟你提过他吗？"老警察问。

"没提过。"张怀仁看着郭蕊一路小跑过来，给她使了个眼色。

"我看看我妹妹怎么样了。"郭蕊低头去检查妹妹身上有没有其他伤口。

"伤得没那么严重，就是伤的地方不对。"医生摇摇头。

"是李子洋吧？"郭蕊问完看张怀仁点头，转身又问："警察同志，像这样的毁容逮着得判多少年？"

"要经过司法裁定才能有准确的判罚结果。"老警察说话滴水不漏。

"你来一下。"郭蕊咬牙切齿地把张怀仁拉到角落，含着眼泪压低了声音说，"你就这样给我保护的妹妹？什么都依着你，我该帮的都帮了，她不愿意干的事也哄着她干了，现在呢？"

"我哪儿知道李子洋出来了。"张怀仁警惕地看着警察的动静。

"李子洋被关了这么久，肯定已经疯了。张怀仁我不管你用什么办法，答应我，让他永远再没机会伤我妹。"郭蕊拽着张怀仁的胳膊说。

"警察已经介入了。"张怀仁说。

"再关他几年，出来再毁我妹一道，不行，绝对不行！你别逼我。"

"我考虑考虑怎么能找到他吧。"张怀仁犹豫说。

"要在警察找到他之前找到他，要让他消失，否则，我跟你没完。"郭蕊恶狠狠地说。

范天安都忘了自己嗓子疼这件事情了，他在公司里把自己关起来一整天，在临下班时打了个电话给范妮妮。

"知道你们公司出事了吗？"范天安问。

"知道，都传开了，张总下午回来就把大厦保安部的领导叫去了，听说还砸了个杯子，也难怪，自己秘书让人给毁容了。"范妮妮压低了声音说。

"你自己多加小心吧，你们公司上次和小秦岭的人闹成那样，又要换新厂址，又要搞新活动，近期事情一定不少。"范天安担忧地说。

"两码事，老员工都说伤郭秘书的人是她前夫，和单位的事情没关系。"范妮妮说。

"两口子闹成这样？"范天安感觉很惊讶。

"对呗，亲人变仇人，下手也真是够狠的。"范妮妮说。

## 15

自从上次范天平半夜求人把小平头给救了后,他在动物园里就成了个受人排挤、多管闲事的老家伙。

第二天一早,范天平把那只被他起名叫小平头的蜜獾给带回动物园时,打电话给范天安没打通的孙园长正在工作区门口对着蒋健英和周林大发脾气。

孙园长例行巡园的时候,角门大开,范天平不知所踪,火化炉台子上都是蜜獾的毛发和血迹,而蒋健英和周林一个值班睡觉,一个擅自离岗,只知道昨晚死了只蜜獾,他们交由范天平处理了,其他一问三不知,孙园长汗都下来了。

蜜獾是种国外罕见的动物,这东西死后如果被范天平当成野味卖给外面的烧烤摊,处理不当有人吃出毛病来,动物园的管理者难辞其咎。

正在孙园长准备自己开车去找担保人范天安算账时,范天平用一条小被子,像裹孩子一样把小平头抱了回来。

"园长,昨晚上它又活过来了,我没找到兽医,就只好先上外面找人帮忙处理一下了。"范天平横托着把小平头交给了急不可耐的孙园长。

"伤成那样,活也活不长了,你瞎添什么乱?它要死在外面,你担得起责任吗?"蒋健英被园长骂一早上了,见到范天平和蜜獾便一脸恼火。

"还看,赶紧抱兽医那屋去呀。"孙园长吼了一声在旁边探头探脑的周林。

"你就是个临时工,而且是个看角门的临时工,你走了,角门开着,万一进来什么人搞破坏,你得捅多大娄子呀?"蒋健英指着范天平吼。

"说话就说话,你别指我。"范天平咬着后槽牙,反复提醒自己不能动气动手。

"你还有脸说人家老范,你自己晚上值班睡觉,在监控室里明明可以看到他的所有活动和整个园子的情况,你早干吗了?"孙园长瞪着蒋健英说。

"园长,我……"蒋健英自知理亏,没敢顶嘴。

"蜜獾和老虎打架是周林发现的,你懒洋洋地签个字就宣布小家伙死亡了,吩咐下去开炉火化,回去接着又睡了,我发现你老蒋够懒的呀。"孙园长背着手站到蒋健英对面说,"接下来一个月,你专管猛兽区,哦对了,那只蜜獾如果死了,我唯你是问。"

蒋健英是动物园里的老员工了,他被园长收拾了一通后,马上就把矛头指向了范天平。动物园但凡与他交好的人,也纷纷开始站队,齐心协力开始挤对看角门的范天平。以往垃圾都分门别类处理好,才送到角门处,由垃圾车拉走。可自那以后,大家都省事了,该扔的随意一扔,交给范天平去处理,把他累得整天不得消停,经常满身臭汗,清理自己负责的那一片区域。

那小平头的皮外伤在专业兽医的处理下恢复得倒是快,可它这次算是找到了对手,趁人不备还会钻出去,只是不再去虎笼了,专门往角门方向跑,作为动物界的逃逸高手,经常拖着遍体鳞伤的身体从监管松懈的兽医监护站逃出去找范天平,想跟它的恩人较量一下。

蒋健英也烦得不行,蜜獾这种动物极难圈养,一眼照顾不到就窜出来,它记仇记事还记味儿,没法儿沟通也商量不了,幸好这小家伙认死理,只要发现它没了,找到范天平就能找到它。

"你怎么得罪它了?"蒋健英从前院跑过来,气急败坏地问。

"我哪儿得罪它了?就给它缝针的时候下手重了点儿。"范天平倒不怕小平头,毕竟这家伙体格不大,扑人的时候虽然快,但他皮糙肉厚,又身体灵活,所以每每被纠缠时,拦腰一掐,小平头就又动弹不得,"咋的?伤自尊了?"

"吱吱——"小平头一副不依不饶没完没了的样子。

"老虎它都给收拾服了,你要不让它咬两口,这家伙能善罢甘休?"蒋健英看着这一人一兽的样子哭笑不得。

"我凭什么让它咬?我明明是救了它的命,我是它的恩人。凭什么?"范天平晃荡着小平头说。

"你轻点儿,把它伤口给晃荡开了,兽医那边又得跟园长告状,你惹的祸还得我来背锅。"蒋健英冲过来,掏出防护手套抢过小平头说。

"你乖乖养伤,伤好了咱俩再干,现在我揍你,算是欺负你。"范天平点着小平头的鼻子说。

"吱吱吱——"小平头伸头想咬范天平的手指,却被蒋健英一把抱开了。

"真是个小没良心的。"范天平乐了。

在郭蓓受伤那天,范妮妮顺路过来想看她爸。范天平当时刚刚送走一辆垃圾车,拉了条水管子,正在冲洗角门口的水泥地,一见女儿,他连忙把水管子扔在地上,乐颠颠迎了过去。

"不要浪费水资源,知道有多少动物为了一口水连命都不顾吗?"范妮妮顺着水管子进屋把水龙头关上。

"知道知道,这不是看你来了高兴嘛!咦,你咋没带保镖呢?"范天平笑眯眯地问女儿。

"他是人民群众的保镖,不是我一个人的保镖,嘿,查案子去了。"范妮妮进屋后把带来的一些吃的放到了桌子上,"我觉得这儿真适合你,就这儿养老吧。"

"我有片瓦就能养老，待哪儿都适合。"范天平无可无不可地说。

"好像我不要你了似的。你不仅没有我二爸那么英明神武，老实说也不是啥好爹，但谁让我是好闺女呢，不会不管你的。"范妮妮自然而然地伸手去帮范天平收拾他那一片零乱的床。

正在范妮妮清理床铺的时候，小平头突然从床底下钻了出来，一口就叼住了范妮妮的牛仔裤，把她吓得一声尖叫。范天平连忙蹲下去揪它，可这小家伙死活不松口，气得范天平大手抓紧它的脑袋，用力捏了一下，范妮妮这才一屁股坐到了床上。

"是我得罪你了，你找我闺女麻烦算什么英雄？"范天平从火化炉旁找个笼子把它塞进去说，"你还学会打埋伏了？"

"这什么东西呀？"范妮妮惊魂未定，满脸好奇地看着小平头问。

"蜜獾，它叫小平头。"范天平挠挠头介绍，"前段时间被老虎给伤了，我本来好心救了它，半夜三更出去找人给它缝针，可是这家伙听不懂人话，不讲道理，认为我伤它自尊了，非找我报仇不可。"

"还有比你更听不懂人话，更不讲道理的？"范妮妮撇撇嘴。

"你别说，这小东西还真像我，它也叫平头哥。"范天平嘿嘿一笑，掏出手机打给前院，"周林，它又来了，让我塞笼子里了，你跟老蒋你俩谁过来把它抱回去吧。"

"我们这儿忙着拌料呢，它又不往出跑，你多照看照看，我们过会儿再去。"周林已经知道了这只蜜獾的习性,只要仇人在,从来不跑远。

"这是个什么兽呢?你还凶?"范天平伸出食指,戳了一下笼子里的小平头说。

"你戳它干吗?你下手没轻没重的,它多疼啊!"范妮妮看小平头发狠的样子依然呆萌可爱,连忙揪了一根给爸爸买的香蕉过去喂,"姐姐这里有香蕉,吃不吃?"

"吱吱吱吱吱——"小平头不理范妮妮,光顾着冲范天平嚷嚷。

"它这啥意思?"范妮妮问。

"发脾气呢,想让我放它出来单挑。"范天平哈哈大笑。

"我听这动静咋像撒娇呢?"范妮妮凑过来看着小平头说。

"你二爸嗓子没事吧?"范天平突然问。

"啊?他挺好的,下班前我俩还通电话呢,没听出来他嗓子咋的了。"范妮妮没敢说公司里郭蓓出事的消息,怕范天平为了保护她再来个早接晚送,现在离得近,这事她爸干得出来。

"我这几天嗓子特疼,那天在兽医那屋看它的时候,还让大夫往我嗓子里看了一眼,说是没事。"范天平说。

"你又不是禽兽,让兽医看什么病,亏你想得出来。不行明天去正规医院看看吧,我陪你。"范妮妮翻了个白眼。

"人家也穿白大褂嘛,而且医术不错,小平头的伤就处理得挺好,才几天哪,这货就能前后院折腾找我报仇,说明恢复得差不多了。"范天平嘿嘿一笑说，"我要没事，那肯定你二爸嗓子闹毛病了。我和你二爸多少有点儿感应，就是双胞胎之间说不清楚来由的那种感应，他病我难受，我病他也不舒服，现在离得近了更是。今天上午他肯定有一会儿特别害怕，估计路上遇啥事了，我这边心慌。"

"我倒听我奶说过你俩小时候一个疼了一个就哭，你也甭担心，我二爸肯定啥事没有，他打电话那会儿好着呢。"范妮妮点着闹累了的小平头说，"小平头小平头，你和姐姐好不好哇？"

## 16

郭蓓醒来后躺在病床上一直一言不发,她能感觉到伤口的痒痛,但她这会儿十分平静,满脑子就一个可怕的念头,她发现自己居然想杀了李子洋,这个念头是如此之深,深到她再也无法抹去。

"你东西也不吃,话也不说,这天都黑了,再闭上眼睛睡会儿吧。"郭蕊帮妹妹掖了掖被子说。

"咋样了?"张怀仁来了,看到郭蕊摇头,坐在高级病房的沙发上,"警方正在全力查找李子洋的下落,蓓蓓你不用担心,他跑不了。"

"你就别在这儿提那个畜生了。"郭蕊看着张怀仁咬牙切齿地说。

"我也托了些朋友在帮忙找,只要他在公共场合露面,一定无处可逃。"张怀仁拍拍郭蕊的肩膀点了点头。

"这世界上，有他没我。"郭蓓突然开口。

"别胡思乱想，医生说了，你的伤口不算深，处理得也很及时得当，等再好些，姐陪你去韩国整一下，保证比伤之前还漂亮。"郭蕊笑着对妹妹说。

"姐夫，我知道你黑白两道都认识不少人，帮我。"郭蓓第一次用恳求的语气对张怀仁说话。

"我怎么帮？我只能帮着找找他，把他交到公安机关。"张怀仁苦笑说，"咱是做企业的，还是做保健品的，干的是保养人的买卖，伤害别人的事情，我干不出来。"

"哪怕与他同归于尽，我也要让李子洋付出代价。"郭蓓愤恨地说。

"你多休息休息，别想那些没用的，我还得连夜过去找一下范天安呢，你这边遇上了意外，方案得重新调整。我先走了，郭蕊你们需要啥，及时给我发消息，我派人送过来。"张怀仁看郭蓓濒临失控，连忙起身往外走。

"我要李子洋死！"郭蓓尖叫了一声。

"蓓蓓你别这样，李子洋现在已经是人人喊打了，他的报应肯定会来。"郭蕊连忙按住妹妹，流着泪哄她。

张怀仁出了医院后，并没有去找范天安，而是连夜赶往一间夜总会，迎宾经理一听他报房间号，连忙哈着腰把他迎进最里面一间超大包房。

乱七八糟的音乐声中,一群男男女女正在推杯换盏,喝得面红耳赤的徐雷一见张怀仁,连忙让人把音乐关了,偌大的空间瞬间鸦雀无声。徐雷躬身把张怀仁让到沙发最中间的主位上。

"让他们都出去。"张怀仁用不大却足以让所有人听到的声音对徐雷说。

"张总,您有事情?"徐雷一挥手,满意地看着自己手下的那一伙人根本不用他传话就鱼贯离场,转头问张怀仁。

"我知道你平时带他们这些人花销不小,所以给你包个红包。"张怀仁突然咧嘴一笑,从口袋里拿出一张卡放到桌子上说,"这是一百万,够你花几天的。"

"张总,什么意思?您收我的地,给我分红,带着我挣大钱,这我就不能再要了。"徐雷连忙把卡拿起来,双手捧给张怀仁。

"拿着。"张怀仁瞪了他一眼,徐雷一哆嗦,赶紧把卡又放到了桌子上。

"张总,我敬您一杯吧。"徐雷倒了两杯酒,一杯双手捧给张怀仁,另一杯自己一饮而尽,"您就是我的衣食父母。"

"今天公司出事了。"张怀仁也把酒喝了,眯着眼睛说。

"什么事?"徐雷把张怀仁的酒杯接过来放下问。

"我的秘书,也是我小姨子,在公司楼下的地下车库被人毁了容。"张怀仁自己给自己倒了一杯,冲徐雷摇摇酒瓶,给徐雷递过来的杯子也倒满,"你说,这还有王法吗?"

"疯了吧?您知道是谁不?"徐雷把袖子卷起来问。

"李子洋,我以前的连襟,以前还是个好人,后来创业失败,找我借钱我没借他,天天回家打老婆,一头蠢猪。"张怀仁突然认真地看了看徐雷,"雷子,你得帮我一个忙。"

"您说。"徐雷点点头。

"找到他,无论你用什么方法,让他再也没有机会出来害人,省得给我的计划添乱。"张怀仁从怀里掏出几页纸,上面是李子洋的所有资料。

"明白。"徐雷接过这些资料后,用力点了点头。

"行了,你叫你的人回来接着玩吧,钱收下,事情办得干净点儿。"张怀仁起身拍了拍徐雷的肩膀说。

"嗯,您放心吧,张总。"徐雷满脸堆笑。

第二天一早,范天安把手机一关,铁了心要去医院,昨晚他喉咙又疼了半宿。他的车刚刚开出自家小区,就见旁边过来一辆豪车,坐在后面的张怀仁示意他把车停在路边。

"范总,你好难找哇,说好的无间断合作,是不是不想继续了?"张怀仁上了范天安的车后座,大摇大摆一靠说,"开车,司机会跟着的。"

"张总,您找我打个电话就行啊。"范天安一边发动车子一边看了一眼黑屏的手机,"糟了,我忘充电了,害您跑一趟,遇上啥急事了?"

"还真是个急事。蓓蓓肯定不能出镜了,我也忙,和新厂那边准备正式签约。活动方案都是你策划的,改一下流程就能直接用，就是这主持人的人选出了意外，我看你得帮我们怀仁康泰露一回脸哪，范总。"张怀仁望着车窗外说。

"我不行吧？张总手下人才济济，我老范一个外脑上前台，喧宾夺主讨人嫌。"范天安连忙摇头。

"我看你是不敢吧？"张怀仁笑着问。

"别的不敢说，就没有我老范不敢上的场面，真是不合适呀，张总。"范天安煞有介事地说。

"我看了大厦地库监控，从蓓蓓和李子洋争吵、打斗，一直到李子洋掏刀行凶，你都离她不到十米远。兄弟，你也是个男人，怎么说蓓蓓也是你的合作伙伴，咱处了这么久，你都没下车帮她一把，窝不窝囊啊？"张怀仁身子前俯，贴着范天安的耳朵说。

"我……我……我当时腿抽筋了。"范天安这会儿腿是真抽筋了，赶紧把车往路边靠停了下来。

"事都过去了，我也不想找补了。老范，直说了吧，这次的活动不是单一的销售活动，也不是综合的品牌活动，而是非常隆重的，一次关系到怀仁康泰未来战略走向的重要活动。你要不露脸帮我，朋友就没法儿做了。"张怀仁脸上虽然带着笑，但话里一点儿笑意都没有。

"我怕给自己露怯，给您添乱。"范天安揉着腿说。

"就这么定了，你上场，我加码，活动顺利，把我们第一代产品倾销一空，钱，少不了你的。"张怀仁拍了拍范天安的肩膀说。

"要是不顺利呢？"范天安壮着胆子问。

"那你的小破公司就关门吧，你老范也别想在滨城混下去了，我保证，没有任何企业敢和你范天安打交道。"张怀仁说完拉开车门走了下去。

看着张怀仁的背影，范天安打了个寒战。张怀仁这人，平时深藏不露，从来没有这么凶狠的样子，但今天，他摆明了是在威胁范天安，如果搞不定他的展销会活动，怀仁康泰无法继续为上市做铺垫的工作，范天安难辞其咎。

张怀仁的财力肯定不容小觑，他在黑白两道的势力更是根深蒂固，这次郭蓓的意外明显打了张怀仁一个措手不及，他在积极寻求各种应对办法，范天安现在被他逼得必须披挂上阵了，不敲助威鼓，就是拦路石。

张怀仁会对拦路石怎么样，范天安想都不敢想，他揉着自己的脸，深深地怨恨起出手伤人的那个叫李子洋的家伙。

## 17

医院里,范天安拿到检查报告后,眼前一黑。上面的中文和英文他都认识,可是范天安还是不敢相信,自己居然得了这种病,声带上长了一块已经进入病变期的息肉。

"那个,会不会搞错?"范天安不敢再让嗓子用力,小心翼翼地问医生。

"不会搞错的,我们医院在这方面是省内权威,你的这块息肉正在加速生长,准备手术吧。"医生面无表情,像是法官在宣布判决结果。

"危险系数大不?"范天安一听要手术,身上又开始哆嗦。

"小手术,危险系数不大,没有外伤,术后康复也不麻烦。"医生解释。

"什么时候手术?"范天安问。

"当然是越快越好,不要超过一周。我怎么跟你说呢,发酵的面团见过没?再任其发展的话,那危险系数就会产生变化了。你放松心态,回去准备准备,手术时间安排一下,术后再留出半个月的禁声期,这套程序走完,你就恢复了。"医生的话虽然是在宽慰,但仍然让人听得胆战心惊。

"医生,我是靠说话吃饭的,马上还有个主持要准备,能不能再给我开点儿药,拖一拖手术时间呢?"范天安心存侥幸地问。

"你当是菜市场收摊吗?绝对不能拖,在医院,我们见多了小麻烦变大麻烦的案例,再不处理,你下半辈子别想开腔说话了。"医生下了最后通牒。

范天安魂不守舍地从医院主楼往外走,出玄关的时候,差点儿撞上拎着一篮水果的范妮妮,叔侄俩都愣住了。

"咋来医院了?"范天安根本没注意到范妮妮手里拎的东西,既担心侄女,又担心自己,谨慎地小声开口问道。

"公司各部门都来过了,市场销售部就我这新人闲着,被派过来探视郭秘书,二爸,你也来看她了?"范妮妮晃了晃手上的水果说。

"没,有事。"范天安惜字如金地说。

"你嗓子咋了?"范妮妮突然想到昨晚范天平说的事,看二爸说话这么费劲,忙问道。

"没咋,看你爸没?"范天安准备随口再打句哈哈就撤。

"看见了，我爸这回可算找着对手了，动不动就被小平头上门报复，那小家伙又凶又狠又记仇，横得很，和他有一拼。"范妮妮一提到小平头，说得眉飞色舞。

"谁？小平头？"范天安愣住了。

"动物园里的一个小动物，明明被我爸救了，却误以为我爸要害它，不依不饶要跟我爸拼命。"范妮妮比了一个小平头的身长说，"就这么大，跟猫似的。"

"哦，你快进去吧。"范天安没往心里去，转身就要走。

"二爸，我爸说他嗓子疼，怕你嗓子也疼，你去的话，带点儿喉糖给他。"范妮妮看着二爸摆摆手的背影，摇摇头，走进了医院的主楼。

范天安漫无目的地开着车在街上绕了好几圈，不知道怎么样才能解决掉自己现在这种骑虎难下又腹背受敌的局面，工作这么多年，这是他第一次真正意义上的手足无措。病魔可怕，难道张怀仁就不可怕吗？范天安不像他哥，天大的事都能睡得着，一点儿小事他都得过脑子。

刚才侄女好像跟他说了一嘴，现在范天平在动物园里有了一个对手，听范妮妮的意思，范老大都懂得救死扶伤，保护小动物了。反正自己没有去处，范天安决定去看看他哥，也只有和范天平在一起，两人一言不发，气氛也不会诡异。

"谁呀？咣咣砸门，咋这么没礼貌呢？"范天平从打更室出来，一看角门外站着范天安，明显一愣，"你咋来了呢？"

"看你。"范天安不直视他哥,左右晃晃脑袋,提防别遇上孙猴子,不然还得寒暄一套,自己现在最怕这些曾经最擅长的社交技能。

"车停那儿就行,没人贴条,总停垃圾车。"范天平把范天安让进院子,带着他来到自己的打更室。

"挺好。"范天安打量了一下这小屋子和外间的一排小屋,点点头说。

"可不挺好嘛,我这儿一天可舒服了,想干啥就干啥。"范天平也不客气,又躺到了床上。

"嗯。"范天安点了点头。

"你咋的了?"范天平刚躺平,又突然从床上跳了起来,他觉得弟弟不对,哪儿不对他说不上来。

"没事。"范天安压着嗓子说。

"你嗓子咋的了?"范天平终于察觉到了,弟弟话少了,平时兄弟俩在一起,总是弟弟在教训哥哥,那嘴说起来就停不下来。

"小平头呢?"范天安反问。

"就知道那丫头也是个幸灾乐祸的家伙,看看吧,这小东西现在把我这儿当家了,得空就跑过来企图咬我。"范天平到外屋把门锁好,从外屋拽出铁笼子。刚刚来寻仇,再次被关了禁闭的小平头一探脑袋就蒙了,它哪里见过一对长得一样的人出现在面前呢?

"好玩。"范天安用手摸笼子,他完全可以感受到哥哥在这儿生活的放松和自如,自己内心却充满惶恐和悲凉。

"老二,你有事,你嗓子肯定是出问题了,去医院看没?"范天平担忧地看着弟弟问,他同样敏感地碰触到了范天安的心境。

"长东西了,得手术。"范天安一指嗓子。

"那就抓紧手术吧,缺啥少啥,要不要我的血?还是我给你割块肉?"范天平毫不犹豫地说。

"不用。"范天安鼻子一酸,假装去逗小平头,其实是想忍住眼泪。

"得花不少钱吧?我找朋友去借点儿。"范天平以为范天安在担心手术费用。

"有钱。"范天安摇摇头。

"那你还等啥呀?让人家大夫帮你安排手术呗,实在不行先住院,保养起来。"范天平看看弟弟说,"你不敢哪?没事,我陪你住院,我陪床,我是你哥,伺候你保证尽心尽力。"

"哎呀,你别管了。"范天安抬起头,像是不耐烦地说。

"滚蛋,别的事我不管,你有病我能不管吗?是不是等咱妈来,你才能听话?"范天平坐在床上气呼呼地问。

"我手术,工作处理不了。"范天安摇头看着仍然在左右摇摆,不知道冲谁龇牙,显得很焦躁的小平头说。

"你这一来把它给弄蒙了,呵呵,不知道找谁麻烦好了。"

范天平也看了一眼小平头说。

"对呀，咱俩体格都一样，外人是分不清。"范天安一咀嚼哥哥的话，头脑里突然闪过一个想法，咧嘴笑了。

"废话，娘肚子里就天天在一起，能不像吗？"范天平被他突如其来的喜悦给整蒙了。

"你跟我走吧。"范天安凑近仔细打量了一下范天平说。

"干啥去？"范天平被他看得发毛，一脸茫然地问。

"帮我一个忙，这事只要妥了，我就能安心去做手术了。"

"那我把它送前院去，顺便跟园里请个假。"范天平提起关押小平头的笼子说。

"我跟你去，别请假了，直接辞职，孙猴子本来也没掏钱请你，再说他又不是缺了你就不行。"范天安大手一挥。

"我干得挺好的，再说了，我辞职，它找不着对手，又得去招惹老虎。"范天平依依不舍地说。

"哥，它亲我亲？"范天安直视着范天平的眼睛，动情地问。

"唉，你说咋办就咋办，我配合就完了。"范天平心头一热。

## 18

糊里糊涂辞了职的范天平又糊里糊涂地被范天安带到了一家高档理发店,哥儿俩一左一右坐在了理发椅上。范天安告诉理发师,要把他们的造型弄得一模一样,差一根头发丝都不行。

范天平从来没有到过这么高档的理发店,他日常理发就到那些老式小门脸,几剪子下去就是个平头,就没超过十块钱。此刻他坐在软椅上神情严肃,生怕自己给弟弟露了怯。等到出门时,范天安结账花了四百多,范天平都傻了。

"你咋给人家那么多钱?"范天平上了车还在问从出门就开始问的同一个问题。

"闭嘴。"范天安捂着嗓子说,"你都说了一切听我的。"

"行行行,你有病,你是老大,我把哥哥让给你当,我当范二白话行了吧?"范天平撇了撇嘴,却没想到自己一语中的。

"走，买衣服去。"范天安启动车子说。

"还买衣服？你家里那么多衣服，咱俩穿都穿不了，你也太敢花钱了，有你这么败家的吗？再这样我下车了。"范天平把车门都打开了。

"你别发疯，赶紧把门关上。"范天安赶紧刹车，看着范天平一副任性的样子，叹息了一声，觉得这样下去不是办法。他和哥哥单独沟通可太累了，非但嗓子现在不允许，而且这也不是兄弟俩能搞定的事，还需要帮手，于是想想说："行，不买了，叫妮妮回我那儿。我再找个信得着的人，咱得商量个大事。"

范妮妮并没有像其他同事一样试图逗郭蓓开口，或者把东西放下就走，而是在医院里陪沉默不语的郭蓓坐了好久，同为女性，她能理解郭蓓被毁容的情绪。

范妮妮坐在她身边，给郭蓓说了一下公司目前产品供不应求的销售情况，一些常年服用怀仁胰宝、深受糖尿病困扰的老客户，由于怕怀仁康泰保健品公司在迁厂期间停产，造成货物短缺，最近都开始囤积货品。

市场上并不知道怀仁康泰准备搞一次大的活动，一次性倾销一亿多元货值的产品，甚至连范妮妮也并不知道，部门还没有接到即将开闸放水的通知。

"范天安是你爸？"郭蓓突然问。

"他……是我二爸。"范妮妮想了想，决定对这样一个可怜的女人多一些坦诚。

"二爸？"郭蓓成功地被范妮妮对范天安这并不多见的称呼吸引了。

"就是我二叔，我爸的弟弟。"范妮妮说，"我爸早些年不在家，一直是他管我养我。"

"确实对你不错，一得到公司即将启动上市计划的消息，就让你火速入职。"郭蓓冷笑一声。

"您，怎么知道的？"范妮妮吐了吐舌头。

"你二爸那点儿小伎俩，玩法并不算高端。"郭蓓扭头端详了一下范妮妮，"嗯，长得确实不像。"

"长成他们哥儿俩那样我可就完了。"范妮妮摇头笑着说。

"这次我受伤，他麻烦了，方案全都得调整，要不今天就应该启动了，时间来不及了。"郭蓓并不知道在她受伤时，范天安也在地下车库里。

一进范天安家门，范妮妮就怔住了，客厅里有两个一模一样的人，同样的发型，同样的衣服，同样的站姿。

"爸，你俩多大岁数了，咋还这么大的玩心呢？这是唱的哪一出哇？"范妮妮皱眉看着这两人，对其中一个她认为的父亲说。

"你看，是吧？"范天安转头看范天平。

"爹你都能认差，真行。"范天平酸酸地说。

"你俩从来都没这么玩过，我这也是头一回见，才以为我二爸是你。"范妮妮吐了吐舌头。

这时门铃声响了起来，范天平没再和女儿继续纠缠，只是狠狠地瞪了她一眼。

秦明亮一进屋，比范妮妮来的时候还震惊，这是他第一次看到两个范天安站在他面前，一时之间不知道该说什么，求助般地看着范妮妮。

"左边是我二爸，右边是我亲爹。"范妮妮一脸坏笑。

"别闹了，说正事。"范天安赶紧把呆立在门口哑然的秦明亮拽过来说，"我病了，要做手术，得让我哥当几天我的替身。"

就着冰水、枇杷膏和润喉糖，范天安把自己得病的情况和他们讲了一下，自己必须在一周内接受手术，而半个月后，一场怀仁康泰里程碑式网络直播展销会将由他来主持，因为郭蓓被毁容，张怀仁把他推上了战场，这个也涉及平安伟业的生死存亡，不可以推托。

"哥，你这个月得当我替身。"范天安前所未有地凝重地看着范天平。

"打住，我爸和你天上一个地下一个，根本就是两个世界的人，你让猫装虎蛇演龙，那能行吗？"范妮妮听完前因后果，率先投了反对票。

"没那么大的差距吧？"秦明亮讨好地看着低头抠手上死皮的范天平，他仅从这个小动作就看出了这兄弟俩第一个明显差距——手上的皮肤精糙不同。

"你闭嘴，你一个外人知道个啥？"范妮妮也顾不上自己跟秦明亮根本没那么熟的关系,"我爸小学没毕业,我二爸是the best of the best,你问他我说的是啥?"

"比我厉害呗。"范天平想了想,抬头说。

"没毛病。"秦明亮想了想,点头说。

"二爸,我知道你这突然一病肯定会有些发蒙,设想得都挺好,可是我爸真没那个能耐,穿上龙袍都不像太子,你让他往会议室里一坐。"范妮妮闭目深呼吸了几下,"我想象不出来。"

"这还需要想吗?我俩一样啊。"范天安一摊手比画了一下照镜子般的两兄弟。

"既然是怀仁康泰的展销会,我作为怀仁康泰的员工有发言权,我反对你们乙方偷梁换柱欺骗甲方。"范妮妮急得站起来了,"公司高层傻吗?连我是你侄女,郭秘书都知道了,你还想推这个文盲上台当主持人?"

"范叔看不出来没文化,气质上和范总毫无二致。"秦明亮又讨好地看了一眼范天平,驳斥范妮妮,能跟这一家人坐在一起开家庭会议,这会儿他感觉相当受重视。

"噢——"范妮妮做了个呕吐的姿态。

"你咋就这么瞧不起我呢?"范天平有点儿生气了,女儿一直瞧不起自己,这让他突然起了逆反心理。

"爸,我不是瞧不起你,是真不合适,万一搞砸了,我们公司肯定不会善罢甘休,到时候我二爸的公司就完了。"范妮妮握着范天平的手说。

"要是我撂挑子，公司也完了。"范天安说，"办法都是人想的，在我们公司有明亮照应着，在你们公司你再搅和搅和，我从后面给你爸支着，必要时我们俩唱双簧，挺过这道关就好了。"

"范总一直跟我们说，危机危机，危中有机，我们做危机公关的，就是把每个危难关头变成机会，如果过了这道关，范叔也熟悉了业务，没准都能自己成立一个和平安伟业孪生的公关公司了。"秦明亮说。

"那倒不能。"范天平和范天安异口同声地表态，然后看看对方笑了。

"我的爹，我的亲爹，你们想咋折腾咋折腾吧，我不管了，这事和我一点儿关系都没有。"范妮妮扶着额头说。

19

　　范妮妮嘴上说着不管，心里也确实不想管，但真到了第二天，范天平硬着头皮准备顶替范天安去平安伟业上班时，她还是和公司请半天假跟去了。

　　开车的人是秦明亮，由于范天平不会开车，而且范天安怕露馅儿也特意交代，秦明亮必须不离范天平左右。

　　范妮妮坐在副驾驶位上，心里忐忑不安，她不知道的是，在她身后的范天平比她还忐忑，这会儿是真想跳车了。

　　"表情严肃点儿，我在车里，急了就翻脸，换我上。"范天安费劲地开口，想了想又握着哥哥的手交代，"翻脸不能打人。"

　　"写字楼里绝对不能打人，还有，也不能说脏话。"范妮妮想到这种可能，赶紧也转身叮嘱。

　　"范总拍过桌子的。"秦明亮开着豪车，扭动着身子从后视镜里看着两兄弟说。

"特殊情况，极少。"范天安这会儿惜字如金，懒得解释。

"你咋不吱声了呢？知道怕了吧？"范妮妮调侃范天平，"现在后悔还来得及。"

"从喘气儿那天起，我就不知道什么是怕，恐怕这得等咽气儿那天才知道吧。"范天平顶了女儿一句。

"别吓唬你爸。"范天安在后面敲了一下侄女的头，又跟秦明亮说："这丫头，惯坏了。"

"两个爸宠一个孩子，可以想象。"秦明亮表示理解地点了点头。

"咋哪儿都有你呢？好好开车，我二爸这车，我练手的时候都不让碰。"范妮妮翻了个白眼。

"你那驾驶技术，我可信不着。"范天安嘴上虽然说笑，手却用力拍了拍范天平的大腿，这是他有生以来第一次用肢体语言鼓励他哥，范天安知道，范天平不是怕，是紧张。

虽然有范妮妮和秦明亮两个人一左一右跟着他走出电梯，可到了平安伟业玻璃门的外面，范天平还是腿软了，身子刚一歪，就被范妮妮一把托住扶进了门。

"都说让你下车看着点儿，崴疼了吧？"范妮妮一边嗔怪范天平，一边跟满脸疑惑的前台点了个头。

"范总的……女儿。"秦明亮和前台解释了一句。

"吃早餐了吗？"范天平努力挤出个笑容来。

"范总……我……没吃。"前台在高桌下伸手把一个三明治推进了他们的视线盲区。

"范总昨晚应酬喝多了,你帮他下去买个早餐吧。"秦明亮从口袋里摸出钱来说。

"哦,不用,我带手机就行。"前台赶紧绕开他们一路小跑去按电梯。

"回头我微信转你哈。"秦明亮不忘冲前台喊了一声。

范天平一咬牙,甩开范妮妮,像昨晚范天安交代的那样,皱着眉头往里走,秦明亮小跑两步给他引路,一直引到他的办公室,三个人进去把门一关,范天平瘫坐在沙发上,一脑袋汗就下来了。

"谁说不怕来着?"范妮妮拿起纸巾盒塞给范天平。

"我今天就咽气儿。"范天平喘着粗气说。

"呸呸呸,你坐里面。这是客人坐的沙发。"范妮妮把她爸拽起来按到老板椅上。

"没人注意咱们,都忙着呢。在公司里,谁都不会没事惹老板的。"贴着百叶窗看了一会儿外面的秦明亮说。

"太好了,都假装没看见才好呢。"范天平直了直腰说。

"一会儿我二爸会在下面用手机在他们公司群里发通知,你得参加个会。我二爸说,例会我在外面,不用进去陪你。"范妮妮看着自己的手机说。

"啥会,我啥也不会呀。"范天平傻眼了,也急了,"愿意开会让他自己上来开。"

"是各项目的进展情况例会，范叔，您在会议室里只要坐着听就好，待会儿我在旁边，要是觉得哪个项目满意，我就转一下笔，您笑着点头。要是觉得哪个项目不满意，我就把笔放下，您皱眉摇头。尽量不要开口说话。"秦明亮从笔筒里拿一支笔出来转了一下说。

"就这样？能行吗？"范天平一会儿笑着点头，一会儿皱眉摇头。

"对对对，就这样，你就宣布开始，等播放出来的那个演示投影没画面了，就问一下：说完没？没说完继续说，说完就下一个。都说完结束您先走，我断后。"秦明亮比画着跟范天平演示说。

"说完没？没说完继续，说完就下一个。"范天平自己模拟，想象范天安淡定自若的样子。

"有点儿意思了，你们俩，加上我二爸，三个臭皮匠。"范妮妮第一次在她爸身上看到了她二爸才有的气质，觉得特别好玩，捂着嘴直乐。

在秦明亮的协助下，会议室里的一切还算顺利，范天平不停地琢磨，范天安坐这儿会什么样？手放哪里？汇报的人说了些什么，范天平一点儿没听进去，只知道画面一消失，先看秦明亮手中的笔，再做表态的姿态。

"麦蜂食品的回款情况就是这样的，这一个月我们已经发了三次催款函了,工作还不敢停,毕竟是公司的长期客户。范总,我想下周再约那边的林总吃个饭,如果再不给钱,就按照您之前说过的结算策略,发一道法务函过去,请再给我两周时间,我向您保证一定会顺利回款完成任务的。"一个一头干练短发的姑娘把汇报页面切掉,抿嘴看向坐在会议桌另一端的范天平,等他表态。

会议已经接近尾声了,范天平不再发愣,而是很自然地用余光看了一眼旁边的秦明亮,偏偏这会儿的秦明亮没太过脑子,习惯性耍帅转了一下笔。范天平收到暗号,笑着点头。

回款一直都是范天安最关注的事宜,位列公司首要任务,哪个项目组如果遇到回款问题,范天安准会大发雷霆,可这次他居然来了一个这么大的转变,所有人都歪着头看向"范天安"。范天平毫无察觉,仍然温和地微笑看着被他看得毛骨悚然的汇报人。

秦明亮马上意识到自己犯了错误,这下坏了,范天平做出了错误的表态,于是他赶紧找补,把笔往桌子上扔了一下,捡起来,又放下,捡起来,又放下。

"行,你真行,要不你坐我这儿吧。"范天平急中生智,起来让位。

"范总……我知道错了,我保证,就算死缠烂打,也把回款追到手。"汇报人连忙也起来鞠躬。

这会儿所有人才觉得,他们这位"范天安"是真被汇报人的回款不力给气着了。而此时的范天平绕着会议桌走了一圈，走到门口回头看看他们说："你们哪，不要全指着我，我浑身是铁能打几根钉子？"

回到总经理办公室里，秦明亮乐坏了，他比比画画跟范妮妮讲刚才范天平在会议室里的表现，简直就是不战而屈人之兵。他们说笑的时候，完全没注意到，范天平自己低头出去了。

等"范天平"再回来的时候，范妮妮拍了拍他的肩膀，嘿嘿一笑说："行了老爸，我要回公司了，你继续演我二爸，嘿嘿，争取让他病好了，发现公司归你了。"

"他有那本事吗？"范天安哼了一声冷笑说。

"吓死我了。"范妮妮马上跳开，"二爸，你俩搞什么呀？几十岁的人了。"

"你爸才吓死了呢，回车上猫着去了，死活不上来啦。"范天安坐回自己的办公椅上。

"范叔表现得简直可以说是精彩绝伦，随机应变的能力超乎我的想象啊。"秦明亮拄着范天安的办公桌兴奋地说。

"我有那么厉害吗？"范天安又开始装范天平目光闪躲，想得意不敢忘形的样子。

"范……老爷，你俩到底谁是谁呀？"秦明亮也头大了。

## 20

黑网吧就开在城乡接合部一个老旧的居民楼二楼，李子洋混迹在一群没日没夜打游戏的小孩子中间，他已经五天五夜没出去过了，电脑旁边是两桶方便面，里面的面已经吃光了，塞了不少烟头。李子洋不会打游戏，就随便点开一个直播看。

黑网吧的老板见惯了他这种人，也没过多打听，整天盯着监视器，附近几个出入口都有摄像头，以防止突如其来的检查。

又到月初，收保护费的小混混如期而至，两个流里流气的人进来，一边和老板随口开着玩笑，一边出示二维码，让他向老大扫码交钱。这是一套约定俗成的流程，老板如果拒绝支付保护费，这间网吧就开不下去了。

小混混收完钱后，四处看哪个机器上坐着可以搭讪的小太妹，经过李子洋时，前面的人突然停住了，向后面的人指了指李子洋,他们绕着李子洋所在的位置转了两圈,然后悄无声息地离开了。

过了半小时,看着监视器的老板突然很紧张,把窗子打开,对网吧里所有的人说:"可能要出事,咱这是二楼,下面有沙袋,来人赶紧跑。"

所有人都站起来往窗台附近挤,七八条大汉已经冲了进来,刚刚离开的小混混一指已经到了窗边的李子洋:"就是他,抓住就五万。"

李子洋瞬间明白了,这帮身份不明的人都是冲他一个人来的,他扒开挡在身前的小孩子,顺着窗户往下跳,那伙流氓踩着电脑桌,不管不顾地冲到窗口接二连三跳下去,追着落地就跑的李子洋。

一个人跑,一群人追,很快小区里就乱成一团。接到群众举报,联合执法行动组一看这么乱,赶紧下车,一位穿着警察制服的人看李子洋跑近了,伸手去拦,没想到李子洋刚掏出来的刀直接捅了过来,一刀就把警察放倒了。

"他有刀,我受伤了。"警察坐在地上,捂着肚子叫了一声。

"能抓几个抓几个,全都给我按住。"领队大吼一声,冲向四散奔逃的小流氓。

方凯赶到医院的时候,受伤的警察已经被推进手术室了,方凯在外面等了一会儿,心里十分焦躁,原本不抽烟的他,见几个同事要出去抽烟,也跟了下去。

"行啊方警官,这都开始抽烟了?"过来给郭蓓送文件签字的范妮妮一见医院门口几个抽烟的警察里有方凯,过去就叉腰吼了一声。

"没心情闹。"方凯把烟扔进了垃圾桶,看都不看范妮妮。

"出啥事了?"范妮妮看出了这些警察的不寻常。

"我战友,也是我警校同学,刚才出任务的时候受伤了。"方凯低头说。

"重不?"范妮妮关切地问。

"医生说那一刀正好扎到脾脏上了,手术呢。"方凯揉了揉脸。

"唉!你们这工作,也真是不容易。"范妮妮宽慰方凯说,"放心,吉人天相,你们这些战友都在,阳气重,他肯定没事。"

"一个小破网吧的事,都动上刀了,要我说,打黑就得狠。"方凯一跺脚。

"凯哥,审讯结果出来了,捅人的人是那帮流氓悬赏要逮的人,咱们内网也在追逃。"一个刚接了电话的小警察对方凯说。

"流氓还悬赏,为啥要狗咬狗?谁出的钱?留两人等浩子手术结果,其他人跟我走,回队里开档案查。"方凯转身就走。

"你小心点儿。"范妮妮冲着方凯的背影喊了一嗓子。

范妮妮到楼上病房时,被护士站告知,郭蓓已经被姐姐接出院了。扑了个空的她刚上返回公司的出租车,就接到了奶奶打来的电话。

117

"大孙子,你忙不?"范老太太语气有些小心翼翼。

"奶,我这会儿还行,不忙。"范妮妮一想自己那俩爹现在都不敢跟奶奶说二爸的情况,她得哄哄老太太别露了马脚。

"我想跟你商量个事。"范老太太笑着说。

"啥事?"范妮妮问。

"你觉得孟爷爷咋样?"范老太太问。

"天哪!奶,你不会是想……"范妮妮一下就明白了,"奶,你放心,我和他们俩都全力支持你的决定,你想嫁就嫁。"

"不是想,是已经……刚从镇政府出来。"范老太太嘿嘿笑着说。

"呃,真不愧是我亲奶奶,还能说啥?恭喜呗。"范妮妮也乐了,"说吧,准备摆几桌,请多少人?我们回去操持这个事,一分钱都不用老孟家出,就当咱家娶老头。"

"请客就不请了,我倒不是怕他们嚼舌头,是烦那些人来闹哄哄的不得安生。你们抽空一起回来一趟,和他们家人坐下来,咱吃个饭就行了。"范老太太说。

"那个……过几天行不?我爸刚找到工作,我二爸单位接了个大买卖,我又是职场新人,得努力表现几天。我看,得过一段,才能赶在我们三个都有空了往家走。"范妮妮想到滨城的事情,怕奶奶担心,又开了句玩笑说,"您这肉都烂在锅里了,还怕我孟爷爷飞了不成?"

"他飞不了,哈哈哈。"范老太太笑得声音极大。

"行了,要是我表现优秀,没准儿给你带回去个孙女婿,可帅可帅的那种。"范妮妮倒在出租车后座上笑。

"看,咱老范家,男的打光棍儿,女的都有主儿了,多好,你们都有空了,必须给我回来庆祝一下,奶奶给你杀大鹅。"范老太太说。

范妮妮回到范天安的家,只见范天平正在被范天安手把手地教签字,这两人的文化水平差距太大,范天平写出来的字满桌子都是,根本无法还原范天安那龙飞凤舞的笔迹。

"不用练了,别看文件,说你忙。"范天安终于失去了耐心。

"赖我吗?你的名字太复杂,宝盖还要加个女,我名字,一个干字加两个点就行。"范天平强词夺理说。

"你……"范天安想跟哥哥吵,但嗓子实在难受,只能气呼呼地怒视着他。

"二爸,你哪天手术?"范妮妮连忙把包放下,过去打圆场问范天安。

"后天。"范天安的话现在越来越简短。

"爸,你准备得咋样了?"范妮妮又问范天平。

"还行吧,公司那边都糊弄过去了,有明亮在,和怀仁的人处得也挺好,明儿开始去排练,且得练几天呢。"范天平皱着眉头说。

"告诉你们个喜讯,我奶为你们找了个爹,既成事实,证都领了。"范妮妮耸耸肩说。

"什么？"范天安忘了控制，大声问道，代价是疼得马上捂住嗓子。

"这老太太又作啥妖？怎么这么急就把事办了呢？咋不等我们回去商量一下呢？"范天平气得直转悠。

"我奶奶是什么人，你们第一天知道哇？生了你们这对活宝的老太太能是一般人吗？"范妮妮看到他俩被奶奶气到双双失控的样子，不由得开怀大笑。

"要不我回去看一眼吧。"范天平犹豫地说。

"嗯。"范天安掐着自己的喉咙直摇头。

"我二爸考虑得对，你这会儿回去，这样子回去，我奶一看就是你俩出事了，你都快成我二爸了，老太太能不急吗？先这样吧，无论如何，把我二爸的病治好了，再回去也不迟，我跟我奶说了，你俩都特忙，忙完回去见亲家。你们还怕她给我生个三叔哇？"

"我的个妈呀。"范天平感觉自己以前从不烦恼，自从扮演了弟弟，烦恼的事就接二连三没断过。

## 21

全市的警察都行动起来了,一夜之间扫了七家黑网吧,迪厅、酒吧、夜总会里的小流氓被鱼贯推上警车,这次有人敢动手袭警,让滨城市公安机关每一名警察都十分愤慨,纷纷主动加班,跟同事并肩战斗。

徐雷给张怀仁打电话的时候,张怀仁正和郭蕊在郭蓓家里探视。

"我明天就跟团队一起去范天安那边,盯着他把任务落实。"郭蓓像是缓过来了一些,其实她除了脸上的伤,身上并无其他伤。

"哎呀,不用你去,你姐夫都没管,下面人会跟进的,你就踏踏实实在家里养伤,这小区的保安我们都交代过了,李子洋连大门都进不来。"郭蕊安慰妹妹说。

"我不能因为怕他,自己什么都不干,他要想来就来吧,既然他疯了,我也豁出去了。"郭蓓说这话时是咬着牙说的,语气却异常平静。

"公安那边我咨询过了,警方内网上已经开始缉拿李子洋,放心,我还和社会上的一些朋友聊过,找到他直接扭送派出所或者公安局。"张怀仁趁郭蓓不注意,给郭蕊使了个让她安心的眼色说。

"咱家朋友多,你姐夫有这么大的生意,还怕他不成?李子洋单枪匹马,只要露脸就无处可逃。"郭蕊说。

在郭蓓沉默无语的时候,张怀仁的手机响了,他看到来电显示是徐雷,一边接电话一边往屋外走。

"张总,有点儿麻烦。"徐雷压低了声音说。

"什么麻烦?"张怀仁在门口探头探脑地看屋子里郭家两姐妹有没有注意。

"抓李子洋的时候,他跑了,这孙子是真疯了,居然扎了个警察……"徐雷犹豫地说。

"说下去。"

"警察没逮着他,逮了咱们的人,都知道我找的薛大炮在悬赏逮人了。"徐雷说。

"你……你怎么这么蠢,这种事情怎么能大张旗鼓悬赏逮人呢?我告诉过你,处理问题要慎重,要干净,要不留后患,现在人没逮着,把火引到自己身上了吧?你蠢是你的事情,别连累我。"张怀仁气得低吼。

"没没没到我身上，薛大炮不是我的人，就是个道上的朋友。"徐雷连忙解释。

"我不管是哪儿的朋友，这件事情你自己看着办，如果处理不好，就不要再指望着跟我一起干了。"张怀仁恶狠狠地说。

"您放心，我一定把事情办好。"徐雷说。

"成事不足，败事有余。处理完手头这点儿烂事，你去黄龙镇盯工程吧，那边眼看就要签约开工了，想平平安安发财的话，以后别出来混社会了。"

"好的，张总。"徐雷说。

方凯在队里突审了整整一夜，才在天快亮的时候去敲队长的门。队长也一夜没走，刚洗完的脸没有擦，一脸的水珠。

"孔队，我这边有进展了。"方凯把几页纸放到队长孔祥龙的面前。

"这个李子洋，才放出来就捅了这么大的娄子。"孔祥龙看着报告说。

"您往下一页看，李子洋出来后伤了把他送进去的前妻郭蓓，与此同时，社会上几个所谓大哥及其小弟，都收到了一个叫薛宇通、外号薛大炮的人的悬赏信息，我看了那条微信，有李子洋的全部资料，悬赏金额五万，按住就送到薛大炮开的那家陆羽茶楼，交人换钱。"方凯说。

"找他调查了没？"孔祥龙问。

"第一时间就有人过去了，那个是商铺，夜晚没有人，有兄弟在守着，见人就按。"方凯说。

"李子洋这个前妻，哎呀，资料显示，是怀仁康泰保健品公司董事长张怀仁的秘书。"孔祥龙把报告放在桌子上仔细看着说。

"对，所以我也怀疑是不是他前妻出钱找人要逮他，怀仁康泰的财力可是不容小觑的。"方凯看着孔祥龙没有任何表情的脸说。

"有这个可能，你先过去探探路，看看他们那边的口风。"孔祥龙点了点头说。

"明白。"方凯打了个立正。

方凯带着两位同事在通往怀仁康泰的大厦电梯上，遇见了手忙脚乱去上班的范妮妮。范妮妮这几天一直在范天安家里住，每天都要和两位要互换身份的长辈演练到很晚，早上起来还得上班打卡，这眼看要迟到了，所以一边上电梯一边补妆，电梯一开就看见从地下停车场上来的方凯，对方目不斜视，一身正气。看他一身警服，要办公事的样子，也没敢和他打招呼，只能装作不认识。

"怎么了？"一个部门的同事用夸张的口型问范妮妮。

"不知道。"范妮妮也用夸张的口型回答对方。

"喀喀。"方凯强忍着笑意，威胁性地咳嗽两声，警告范妮妮不要做鬼脸。

张怀仁非常热情地接待了前来问询的警察，把他们让进了自己的办公室，由于秘书郭蓓不在，又让同一楼层在外面晃悠的范妮妮给他们沏茶端进来。

"不用客气了张总，我们这次来，是想调查一个案子。请问您认识薛宇通吗？"方凯根本不坐，直接站着和张怀仁交流。

"薛宇通？不认识。"张怀仁认真想了想回答说。

"那李子洋您总认识了吧？"方凯又问。

"当然认识，我的前连襟，前几天还把我秘书，哦，也是我小姨子郭蓓给伤了。人逮到没有？"张怀仁反问。

"原来郭蓓是您小姨子。您在事发后见没见过李子洋？"方凯盯着张怀仁的眼睛问。

"没见过，我都恨死他了，那小子是条疯狗，伤了我老婆的妹妹，姐妹俩天天在家哭得我很烦。之前报案的时候，我还在和公安机关说，只要逮到李子洋，将其法办，我给你们公安机关捐款，至少捐一百万。"张怀仁咬牙切齿地说。

"我们公安机关不接受社会捐款。"方凯见范妮妮送茶进来说，"您也不用跟我们客气，我们是来办案的。"

"好，你们问，我保证知无不言，言无不尽。"张怀仁一摊手说。

"你有没有考虑过为郭蓓报仇，并进行社会悬赏？"方凯的这个问题让往外走的范妮妮身子一顿。

"报仇肯定是想啊，社会悬赏没进行过，但我和许多商界的朋友聊起这事，都说了，逮住李子洋并将其扭送公安机关，事后必有重谢。"张怀仁一笑说。

"这还不是悬赏?"方凯身边一名警察严厉地问。

"都是朋友间的闲聊,我喝点儿酒一提这事,就想起来家里那两姐妹哭得我头大,叨叨几句也是人之常情吧,可我不能接收罪犯哪,跟谁说起这事,都让他们帮忙扭送公安机关,这样我才会有所表示。"张怀仁认真地解释。

"你都跟谁提过呀?"方凯问。

"太多了,我平时应酬也多,一到晚上,饭局跟赶场似的,具体多少人真忘了,不过我确信自己没说过激的话,做企业这么多年,分寸还是能把握的。"张怀仁挠头笑了。

"好,感谢你配合我们公安机关的调查,如果有其他需要,我们会再来打扰。"方凯伸手和张怀仁握了个手,结束了问询。

刚回到车上,方凯的手机就收到了范妮妮发来的微信:"警察叔叔,郭蓓自己也说过想报仇,原话是如果有人能抓住李子洋,她当牛做马都会报答对方。"

方凯把手机放下对同事说:"联系郭蓓,请她到公安机关配合调查,就说有李子洋的消息了。"

22

排练场地是直播平台提供的小演播厅,范天平在秦明亮的陪伴下走进小演播厅的时候,一屋子整天泡在这里的临时演员正拿着台词和资料,根据需求扮成专家,扮成观众,扮成在现场有幸被问询关注的消费者。一屋子的人乱乱哄哄、七嘴八舌,跟到了菜市场一样。

范天平一见到这么多人,又开始打怵。他好不容易才认识了大半的怀仁康泰团队的人还没来,除了秦明亮,全都是陌生的面孔。

"这得有好几十人,我跟人家白话啥呀?"范天平扫视了一下现场,把秦明亮拉到角落里说。

"您就照着咱们方案上的基础话术,说一下怀仁胰宝取得过什么成就,帮助过多少人。那底下都是演员,拿钱的,他们都知道咋配合您。"秦明亮说。

"我张不开嘴。"范天平挠头说。

"是怀仁那场戏的吧？抓紧准备准备开始吧，演员随时进入状态，就等你们了，别磨磨蹭蹭的。"一个大胡子导演过来扫了范天平一眼，有些傲慢地催促。

"他啥意思？"范天平一看到不礼貌的导演，正愁没地儿释放的情绪就上来了，跟着导演上了台，"哎，你啥意思？"

"什么啥意思？让你们抓点儿紧，今天你们只能有俩小时彩排时间，下午还有其他场次安排。"导演转身看着开始瞪眼睛的范天平解释。

"导演导演，我们范总还没有进入情绪，演戏嘛，总得酝酿一下情绪，再说了，我们人还没到齐呢。"秦明亮赶紧冲过去拦在了他们中间，话是对导演说，手却拽在范天平已经攥起来的拳头上。

"把台词脚本再看一遍，就算彩排也要情绪饱满，别一看见镜头就成了死猪，只会数一二三四五。我告诉你，怀仁胰宝这场可是直播，出一点儿差错，人家就不给咱们结算。"导演不理范天平和秦明亮，去指挥台下的演员。

"范老二把我坑了，我哪会演这玩意儿，砸了，必保砸了。"范天平蹲在地上，一点儿都没有了范天安的影子，像个老流氓一样。

"范叔，砸不了，我都跟范总立军令状了，砸了我打一辈子光棍儿。"秦明亮赶紧把范天平拉起来,拽着懊丧得有些麻木的范天平给他整理衣服,"您这几天都把方案过了那么多遍了,只要像范总一样说几句带动气氛的话,下面观众会给您自信的,咱时间还宽绰,多练几天就能顺下来了。"

"范总,您在您公司平易近人,喜欢和年轻人打成一片,这很好,也很适合您。但是你们现在在这个台上,代表的可是我们怀仁康泰,现场这么多人,会怎么看我们怀仁康泰?"脸上贴着纱布的郭蓓带着暧昧而又讥讽的口吻打量着台上的范天平和秦明亮,在她身后,是之前范天平好不容易才认对,能和自己公司人区别开的怀仁康泰品牌部的人。

"郭秘书,您的伤没好,怎么没在家养伤?"秦明亮惊了,赶紧点头哈腰和郭蓓打招呼。

"流程上是怎么安排的?排练可以开始了吧?"郭蓓没理他,转头问身边自己的同事。

"其实,是咱们有些迟到……"同事贴着郭蓓的耳边说。

"这位郭小姐是怀仁康泰董事长张怀仁的秘书,也是他小姨子,之前应该她做主持,脸让人毁了,咱才必须顶上的。"秦明亮绕着范天平小声说。

"都赖她。"范天平这才从恍惚中反应过来,皱眉看着郭蓓嘟囔。

"没见过人被毁容,要不要我把纱布撕下来给你看看?"看到"范天安"这副表情看自己,郭蓓怒了,她以为"范天安"

是在关注她脸上的伤。

"导演,开始排练吧。那边把提词器打开。"秦明亮再一次站到范天平和郭蓓中间,开始指挥现场。

郭蓓觉得"范天安"好像心不在焉,平时巧舌如簧,这刚一开始排练,对着提词器念台词,居然口齿不清、期期艾艾。正在郭蓓准备发作打断排练时,调成振动的电话嗡嗡作响,出于礼貌,她瞪了一眼走神了还在看她的"范天安",出去接电话。

"你好,请问是郭小姐吗?我们这里是滨城市公安局刑警支队,有一宗袭警案想找您过来一趟协助调查。"

"袭警案?"郭蓓愣了。

"疑犯名叫李子洋,与前几天我们接到你遭受袭击报案的嫌疑人是同一个人。"

"我马上过去。"郭蓓此刻再也顾不上小演播厅里漏洞百出的"范天安",急匆匆跑去拿车。

大胡子导演艰难地度过了漫长的两个小时,这简直是一场车祸现场般的排练,时间刚到,导演马上叫停。范天平傻愣愣地站在舞台上,像断片儿了一样,脑袋上和身上已经全是汗了。

"既然郭秘书接过了监督和沟通的任务,我们就不太好发表意见了。她之前有事先走了,明天咱们是下午场次,进行第二次彩排。"怀仁康泰的品牌部主管犹豫片刻过来说。

"非常好,范叔,您表现得非常好。"秦明亮一边擦汗一边违心地夸赞自己心上人的亲爹。

"主要是咱们这个产品好，怀仁……肾……胰宝，是，是糖尿病患者的福音，是一个注定改变世界数以亿计糖尿病患者生命体验的奇迹。"范天平又像上了发条一样进入机械表演状态。

"杵这儿干啥？赶紧下去，马上撤台了，别挡地方。"导演扒拉了一下僵直在那里的范天平。

范天平被他突如其来的肢体动作激出了反应，他拽着导演的手卡住对方的脖子："别碰我。"

"哎呀，你想干吗？"大胡子导演尖叫了一声。

"刚才排练就急赤白脸的，为了正事，我可以忍你。你还蹬鼻子上脸了？敢动我，我弄死你。"范天平浑不懔的脾气上来了，被冲上台来的秦明亮和其他工作人员用力拉开。

"暴徒，这是个暴徒，你们这活动我没法导了，咱的人都不干了。"导演一挥手，群众演员站起来一大半，导演一看人多势众，又恢复了些胆量，"把今天的排练费用给我们结了。"

"结账结账，不结账谁也不能出这屋子。"底下的群众演员跟着大呼小叫。

"我给你们惯的。"范天平挣脱开拖拽他的人，一转身举起一个长条沙发，用力就想往台下砸，幸好被电线绊了一跤，沙发没扔出去。

麻烦、危机、公关。秦明亮上了车脑子里一直在盘旋这三个词，今天他算是成长了。副驾驶这位仍然板着脸的始作俑者，丝毫没有意识到他大闹演播厅的行为意味着什么。

灭火还算及时，大胡子导演和他们的团队在范天平不知情的情况下被有偿遣散了。怀仁康泰保健品公司品牌部的那帮家伙，表面上答应秦明亮不会扩散这场闹剧，同时警告他，明天的彩排必须原址进行，郭蓓一定会来，再出意外，想瞒也瞒不住。

幸好场地是平台方的，大胡子导演把他调教出来的专业销售情景演员都带走了，接下来的一个危机将在二十四小时后上演，第二次彩排怎么办？

为了之前范天安反复暗示过的招女婿承诺，秦明亮还得硬撑着解决下去，他一边开车一边打电话，问了许多供应商，才找到一组明天就可以来救火的制片团队，可也只有制片团队而已，演员根本找不到了。

"实在没办法了，演员没指望了，我一会儿在公司群里发个消息，明天让全公司过来配合演戏吧。"秦明亮按了一下蓝牙耳机，挂断电话对范天平说。

"啥意思？怨我呗？"范天平现在这会儿内心已经有点儿愧疚了，但仍然嘴硬。

"没没没，我哪儿敢哪，我要敢怨您，妮妮得掐死我。"秦明亮摇头一笑说，"您惹其他导演还好说，这个导演本身就是个演员的穴头儿，底下差点儿被您砸到的那些人，都是他的人。现在咱最大的问题是，找不到现成的演员配合您完成这出戏了。"

"哎呀，我看明白了，啥演员哪，就是一群托儿，也都是照词说的，有的说得还不如我呢。"范天平不以为意。

"那人家也是专业的，排练熟悉几天，真到了直播的时候，起码不会犯大错误。"秦明亮说，"咱公司因为范总要年轻态发展，所以都是像我们这岁数的职工，演起患者和专家来根本不像，差着辈儿呢，他们爹妈来还行，最小也得您这岁数的，才敢说多年被糖尿病困扰吧？"

"早起到跳广场舞那些老头老太太那里揪几个不就完事儿了嘛。"范天平认真地想了想说。

"人家愿意不愿意呀？再说这毕竟是场戏……唉，算了，我再想想有没有其他合适的人选吧。"秦明亮咬着嘴唇说。

一路上，两个人又陷入了沉默，秦明亮得不停说服自己，只要过了这一关，升职加薪讨老婆，这三样人生大事就都解决了，所以还得坚持。范天平看着窗外，脑海中也活跃起来，一张张熟悉的面孔浮现在眼前。

"在前面路口把我放下来就行。"范天平一指路口说。

"咱回去再和范总商量商量呗。"秦明亮虽然不知道范天平要干什么，也还是在路口停下了车。

"你别和他说，明天老二手术，这事不用他操心了。"范天平下车前又说了一句，"我想办法解决那些托儿的问题，放心吧。"

"我能放心吗？"秦明亮看着范天平远去的背影苦笑。

## 23

郭蓓在方凯的问询下说明了自己的情况,她根本不清楚现在李子洋的情况,反而问警方何时能给自己一个公道。当方凯向她表示,社会上有人在非法悬赏捉拿李子洋时,郭蓓的反应是惊呆了,但她旋即稳定了情绪,猜想是姐夫找的朋友起作用了。

看到郭蓓的样子,方凯直接开口问她张怀仁的反应,郭蓓不会撒谎,就说了张怀仁一直想把李子洋扭送到公安机关,他们在做连襟的时候关系说不上好,但也没有什么具体的矛盾。在李子洋失业找工作的时候,张怀仁因为公司的融资大计并没有给他机会也实属正常。李子洋后来开始酗酒家暴,张怀仁也日渐忙碌,直到李子洋重伤郭蓓进了监狱,两人再没有交集。

通过郭蓓的交代,方凯认定李子洋这次被社会上的流氓混混翻找,是张怀仁在背后起作用,小姨子的事,花点儿钱摆平是很有可能的，但如果涉嫌违法就不是花钱可以解决的了。不怕他悬赏后把人扭送公安机关，就怕他动用私刑闹出又一桩案子，这种黑白两道人面颇广的企业家绝非等闲之辈。看来只有按住那个薛大炮，才能顺藤摸瓜理清关系。

可是这薛大炮居然到现在都没找着，茶楼都不开了，人也消失了，伤警察的是李子洋，他在躲什么？幕后仿佛还有些其他事，具体情况还有待调查。

从公安局刑警队出来，正准备离开的郭蓓意外发现了她没想到的一幕。只见范妮妮从不远处的公交车站来到刑警队门口，她低头摆弄了一会儿手机，一身便装的方凯就开车出来了，范妮妮很自然地上车坐到了副驾驶的位置上，还伸手帮方凯调整了一下衬衫衣领，两个人说笑着离开了刑警队。

这位范天安的侄女，居然在和那个对她进行问询的警察谈恋爱。这个平时应该是八卦的信息，这会儿已经超越了八卦的范围，这很可能成为她跟进李子洋那个人渣归案进展的重要切入口。

屁王、刀郎、洪亮和二林子又聚在了老猫的那家文身店。几个老江湖对范天平的这身打扮啧啧称奇，这个上来摸一下，那个上来闻一闻。

"洪亮，你属狗的呀？闻出啥味儿来了？"二林子哈哈大笑。

"我的天，他还喷香水了，嘿。"洪亮耸耸肩膀，打了个冷战。

"屁王，你给他放个屁，满足一下洪亮闻不了香水味儿这个毛病。"老猫把工具消完毒,凑过来说。

"你敢放?"洪亮弹开老远。

"都是五十岁上下的人了,能不能体面一些?"范天平学着范天安教训他的样子拿腔拿调地说。

"你都快五十了,整身西装人五人六地招摇撞骗,这叫体面哪?"刀郎冷笑。

"滚,我这是工作需要。"范天平整了整衣服。

"平头哥,你把我们几个都叫来,就为了看你这身工作服哇?"屁王问。

"没,说个正事,我弟弟嗓子坏了,我得帮他做个活动主持人,排练的时候那帮群众演员跟我找别扭,全让我给打跑了,现在没有人配合了,我想找你们几个帮我拉点儿人一起演场戏。"范天平简明扼要地说了意图。

"演啥戏呀?"刀郎翻了翻眼问。

"就是电视上那些托儿,我这包里有台词,特别简单。"范天平这会儿戏瘾发作,想起了之前演播厅里的群众演员,模仿起来,"我得糖尿病得有十年了,多亏了有怀仁胰宝,现在我常年服用,不但血糖降下来了,还能喝点儿酒呢。"

"我说平头哥,演得挺好哇,以前咋没发现你有这才能呢?"老猫看得瞠目结舌。

"以前我没机会跟你们展示,哥干啥不行吧?你说,文武双全,没办法。"范天平一脸得意地说。

"平头哥,我不是不帮你,答应我媳妇了,不能再走老路了。"屁王先放了个屁才开口。

"兄弟,你那个叫诈骗,咱这个叫演员,诈骗是犯罪,演员是搞艺术。"老猫拍拍屁王的肩膀,"这不一样的。"

"对,我记得屁王还有个本事,他一开始骗就特别有状态,一个屁也不放,啥假的都弄得跟真的一样。"二林子一拍大腿。

"专业,你必须演专家。"范天平从包中拿出专家的那三页台词,递给了屁王,"就这个话多,我看就你行。"

"这他得少放多少屁?"洪亮坏笑。

"我可先说好,咱这演员不是白当的,有工资,对,人家那叫片酬,还是叫通告费来着?忘了,不重要。屁王,这可是合法收入。"范天平撑了低头看台词的屁王一拳,"排练都有钱拿,一天顶你修一百双鞋的了。"

"活儿倒不难。"屁王很快看完了三页纸,信心也就来了,"我以前在农村就帮人家出过诊。"

"说你胖你还喘上了。"洪亮嘻嘻坏笑。

"你看,我说啥来着?屁王这个货,你让他说真话难,说瞎话一个顶俩。"二林子伸出胳膊夹着屁王的脑袋说。

"你呀,应该跟我们家老二混。"范天平想起范天安左瞒右骗的那些套路,叹息了一声。

"同行?"屁王抬眼睛看向范天平。

"你俩干的活儿是有点儿像。"范天平想想又替弟弟辩解,

"不过他可没犯过法，有学问，念过研究生呢，能耐大了去了，跟咱这些人不一样。"

"是什么祸害庄稼呀？蚂蚱！为什么不抓它呀？蹦跶！因为它呀长了四条腿呀，一抓一蹦跶……"老猫情不自禁地唱起了他们熟悉的歌谣，这几个加起来蹲过一百年监狱的老家伙一起加入了合唱。

## 24

范妮妮回家时,范天安已经睡下了,由于第二天要做手术,必须养足精神,而在演播厅发生的事情,秦明亮和范天平都没敢和他说,怕他在解决不了问题的时候,再白白跟着上火。

现在这间大房子里,范天平住客房,范妮妮住书房,客房以前就是给范妮妮准备的次卧,现在被她爸征用了。

范妮妮蹑手蹑脚地走进客房,小声又严厉地问她爸:"你今天排练的时候,是不是得罪人家郭秘书了?"

"没有哇,我没得罪她。"范天平在老猫那里带着几个老哥们儿私下排练了一会儿,才结束回来,累得半死,迷迷瞪瞪想了想说。

"她刚才给我发消息说,让我明天下午跟她一起去你们排练的那个演播厅当观众。"范妮妮把手机递到她爸面前。

"光听说惹祸找家长的,没听说惹祸找孩子的。她不找你奶奶,找你干吗?"范天平坐起来,以为怀仁康泰公司的人回去跟郭蓓说了自己大闹演播厅的情况。

"她能找着我奶奶吗?瞧你这样子,就知道你惹祸了,说吧,是不是在演播厅发脾气了?"范妮妮坐在床头叹息说。

"那个导演想打我,我能不还手吗?"范天平嘟嘟囔囔。

"然后你就把人打了?"范妮妮都傻了。

"没有,没打着,让人拉开了,发生了一点儿小小的摩擦。"范天平尴尬地一笑。

"都多大岁数了,咋就不能控制一下自己的脾气呢?现在我大了你也老了,咱这日子过得一天比一天好了,何必再因为一些小事动不动就打人呢?爸,要不我带你去看看心理医生吧,咱调整调整心态好不好?"范妮妮认真地看着范天平说。

"看啥心理医生,你咋那么有钱呢?我就是性子急,转个身,好人一个。"范天平说,"问题解决了,明天我都安排好了,等咱把你二爸送到医院,我先去演播厅安排安排,下午保证你们能看一出好戏。"

"爸,咱这次排的可是个苦情片,你别到最后又给我变成武打片,我二爸着急上火,手术完半个月才能开腔,全指着你了,别掉链子呀。"

"哎呀不能,抓紧睡觉去吧。"范天平往屋外赶闺女。

"对了,方凯听说我二爸病了,想看看他呢,我让他明天到医院一起陪我二爸手术了。"范妮妮走到客房门口回头说。

"你俩真好了？"范天平这会儿完全清醒了。

"嗯，不过你放心，我可不像我奶那么冲动，结婚一定会让他八抬大轿、明媒正娶。"范妮妮嘿嘿一笑。

"我看那小秦明亮对你可是动了心，别回头一个姑娘两个婆家。"范天平想起近来仿佛他贴身保镖兼专职秘书一样的秦明亮。

"他？跟我二爸似的，都精出油了，我要跟他好，没准儿啥时候被他算计了，这样的男人靠不住。"范妮妮摇摇头。

"他对我们老哥儿俩可是不错，你要没那意思，尽早和人说清楚吧。"范天平说。

"马屁精一个，说的就是秦明亮。"范妮妮翻了个白眼。

"你这孩子，不好也别骂人，什么素质呀？"范天平想了想，"我肯定不管你跟谁好，只要对你好的，爸都满意。"

"我对你要求更低，只要你不惹祸，我就满意了。"范妮妮说完就回书房小床上睡觉去了。

第二天一大早，秦明亮就把车停在楼下，来接范家三口人。

上车前，秦明亮低声对范天平说了自己的打算，他准备去老年公寓请些老人到演播厅，这些老人只要给点儿钱就会配合演出，虽然品质一般，但起码能当个背景，顺利的话，排练些日子真没准能成。

范天平告诉他不用了，自己已经安排好人了，今天下午继续排练没问题,即使郭蓓去了也没问题。

一打开车门,范妮妮正坐在前排猛拍手机尖叫。范天安一脸茫然,显然也不知道发生了什么。

"妮妮怎么了,你哪儿不舒服?"秦明亮启动车子后关切地问。

"开你的车。"范妮妮怨念地说,"答应人家的事情说变就变,把我当鸽子放呢!"

"我答应你什么了?"秦明亮愣了。

"跟你有关系吗?马屁精。"范妮妮没处撒气,又怼了秦明亮一句。

"哼哼。"后座的范天安怒视范妮妮,用鼻子哼哼了两声。

"你二爸说,好孩子不能骂人,特别是女孩子。"范天平伸手拍了女儿脑袋一下。

方凯真的不是有意要放范妮妮鸽子的,他一早出发都已经开车往范妮妮给他发的定位走了,突然接到队里打来的电话,找到了外号薛大炮的薛宇通的尸体。

在滨城市去往北郊的路上,有一座烂尾的立交桥,桥东只打了几个桩,桥西还有几家钉子户,因为另一条公路绕开了这一段,平常几乎无人经过。其中一个钉子户时不时会去桩那边看看,工程有没有启动的迹象。结果这天清晨,他买早点路过时,发现工地附近有车辙,凑过去绕了一圈,就在坑道里看见一具大头朝下的尸体,钉子户赶紧报警,刑警队赶来第一时间就确认了死者身份，随即通知重案组成员往这边赶。

"这是杀猪还是杀人哪？"方凯到现场看见尸体倒抽了一口冷气。

"你说对了，还真是杀猪的办法杀人。"法医一边说一边指着坑里已经和土交融在一起的血。

"李子洋在农村长大，有没有可能是他？"旁边的同事看看方凯问。

"别太早下结论，李子洋是个孤犯，他能否知道悬赏逮他的人是薛宇通都成问题。他恨的是郭蓓，也许还有郭蓓家人，包括张怀仁。可是没有证据显示他和薛宇通结仇，还是必须你死我活的仇。"方凯谨慎地说，"薛宇通为啥非要花钱逮人，也是未知，悬赏不排除是个二道贩子的做法。"

"原本就是个两口子家暴，这咋事情越搞越大了？"另一名同事在做现场记录时抬头说。

"家庭暴力这种事情可不是小事，虽说是家事，往大了说就是刑事。"方凯摇摇头，开始勘查现场。

## 25

手术非常顺利，术后的范天安被直接安置进一间单人病房，医生说观察三天就能出院了，其后两周只要不碰烟酒，清淡饮食，闭口禁言即可。

细心的秦明亮特意跑到医院附近一家文具商店，给范天安买了一个小白板和白板笔，让他在家人出去的时候，用文字跟医护人员沟通。范天安一副视他为乘龙快婿的表情，范天平不置可否，他知道女儿最讨厌被别人左右，跟他一样犟，这小伙子太殷勤了，估计真被排除了。

只是范天平现在长了心眼，既然不管不问，也不会主动和秦明亮谈这事，有这小伙子在，起码最近些日子，他在顶替范天安的时候会更有信心和底气。

在范妮妮回单位和郭蓓会合后，范天平和秦明亮再一次赶往演播厅,刚到大门口,只见门口堵了几十个半百的男女,戴着一副金丝眼镜的屁王正在和保安人员解释,二林子一副不耐烦的样子,老猫在和自己带的乌合之众说笑打闹,一见豪车上西装革履走下来的范天平,老伙计们又围了上来。

"啥破演播厅,看门的非让登记安检。"洪亮抱怨说。

"明亮,你安排一下吧。"范天平转头对秦明亮说。

"好,我跟保安沟通,咱得去办个团体登记,把身份证号都写一下。"秦明亮递过来纸和笔。

"范老板真有派。"刀郎冷笑。

"滚,人家都是照章办事。"范天平压低了声音,摆摆手把屁王叫了过来,"你跟保安唠啥呢?"

"我跟他们说,咱是个演艺团体,服化道都在后面呢,让他们先放咱进去,可人太多了,列宁和小卫兵的故事估计他们也没听过。"屁王推了推眼镜说。

"啥叫服化道?"范天平愣了。

"不知道。"洪亮也愣了,摇头。

"服装化妆道具,哎呀,从艺人员怎么连这点儿专业知识都没有呢?"屁王摇头叹息,此刻他身上完全没有了鞋匠的影子。

"你们看,这就是屁王,我早说过,屁王是咱们号里最有知识的一个人。"范天平拍着屁王后背说。

"平头哥,我发现你现在虚头巴脑都成病态了,忘了他放屁让你揍的时候了?"刀郎无情地戳穿了范天平的虚伪。

"度尽劫波兄弟在，相逢一笑泯恩仇。"屁王真像个老中医一样摇头晃脑地说。

这一大帮子人在之前那个导演撤场后鱼贯进场，搞得对方一脸茫然，偷偷打听秦明亮这伙人是哪儿找来的，秦明亮根本不知道，但他表现得高深莫测，掩饰了心里的忐忑不安。

摄制组也开始进场了，很快就调试准备完毕，怀仁胰宝的人又迟到了。

"几点开始，您这边言语一声，我们都OK。"新导演没胡子，但有个小辫子，过来对秦明亮点头哈腰地说。他是个业余导演，带的也是个草台班子，没想到接了个救场的大活儿，所以非常看重。

"等我们甲方到了就开始。"秦明亮老成持重地说。

"不等了，马上开始，来了就让他们在后面看吧。"范天平一看台下这帮家伙已经开始打牌了，赶紧招呼人开始，生怕怀仁康泰的人来了看到这一幕。

越着急越出乱子，就在大伙儿准备进入状态开始排练的时候，一道闪电般的银影在众目睽睽和镜头前扑向了范天平，死死地叼住了他的衣服。范天平心疼这身昂贵西装，甩了好几下，也没把小平头甩开。他那伙儿看热闹的老哥们儿这才回过神来，七手八脚地扑到台上拉架。

"疯了，这是疯了，跑了这么远的路还能把我找着，你为了干一架，简直是连命都不要了。"范天平气急败坏地拍了小平头的脑袋一下。

"吱吱吱——"小平头桀骜不驯地冲他拼命嘶吼,看来它的伤已经好利索了,所以才不畏艰难,一路坎坷来找范天平报仇。

"这是个什么兽呢?人家平头哥救你一命,你不仅不知道感激,还死皮赖脸来找他打架,恩将仇报,我扒了你的皮。"老猫把小平头死死夹在腋下说。

"扒皮找我呀。"刀郎嘿嘿一笑。

"别别别,可别伤了它,这小家伙命比我都金贵,找个箱子把它装起来,等都忙完了,还得把它送回动物园。"范天平赶紧阻拦。

"不要打架,打输缝针,打赢扒皮。"屁王刚想伸手去摸小平头,被小平头突然一挣扎给吓了一跳。

坐在郭蓓车里,范妮妮最担心的事情并没有发生,郭蓓根本就没提昨天范天平在演播厅跟人翻脸发生冲突的事情,反而是非常关心她,问完公司里的表现,又聊私人话题,这种突如其来的亲密让范妮妮心里更加发毛。

"你今年多大?"郭蓓问。

"二十三。"范妮妮如实回答。

"真好,我二十三那年哪,唉,生命的分水岭,选错男人结了婚,太着急了。"郭蓓想起来当年的决定,悔得恨不得穿越回过去打醒自己。

"你不算急的,我爸二十三岁我都出生了。"范妮妮岔开

147

话题。

"恋爱了吧？小姑娘春心萌动的时候最好看。"郭蓓扭头看了看范妮妮。

"算是吧。"范妮妮正在和方凯赌气，一听郭蓓提这事噘起了嘴。

"可别跟人家使性子，毕竟他们工作特殊，随时都得保持工作状态。"郭蓓若无其事地说。

"那也没他这样的，说放人家鸽子就放人家鸽子，我都跟他说了，可以不用来，答应得非常干脆，事到临头不见人……"范妮妮一听这话，开始诉上苦了。

"这是案子有进展了？"郭蓓问。

"什么案子？"范妮妮这才意识到，自己和方凯的事情，除了他有限的几个同事和范天平知道，就连二爸现在都蒙在鼓里，郭蓓怎么知道的？而且她居然开始打听案子，这可是方凯在第一次正式约会就和她明确过的大忌，他们即使以后有机会发展到结婚生子都不能过问方凯的具体工作。

"他是不是在抓李子洋？抓到了？"郭蓓索性把车停在路边问。

"郭秘书，你说的我听不懂，这种事情不要再问我。"范妮妮拉开车门就下了车。

"妮妮，麻烦你设身处地为我想想，我是受害者，只是想知道一下案子的进展情况。"郭蓓把头探出来说。

"如果你想用这种套我话的方式来打听警方的办案细节，那我对你真的很失望，既然警方已经介入，你就得相信他们。我男朋友是警察没错，这也没什么好隐瞒的，但我们有我们的相处模式，彼此都很清楚对方的底线，为了保护彼此的底线，我可以不要我的工作，今晚我的辞职报告就会给公司人事那边，到时候抄送你一份。"范妮妮语气不容置疑地说。

"我是个女人，被前夫家暴，现在还毁了容，想结束这种忐忑的日子，问问警方有没有抓住那个坏人，这没错吧？你能理解吧？如果你不想说，我不会逼你的，刚才那种方式是我的错我承认，我也承担过所有自己犯错的责任，并付出了巨大代价。你没必要再次用这种方式惩罚我让我内疚。如果你需要道歉，那么对不起，如果你坚持辞职，我会觉得你不准备原谅我了。"郭蓓从车上下来追上范妮妮拉住她说。

"我原谅你，也同情你，可是郭秘书，你真得重新考虑一下选择相信，相信警方，相信正义，甚至相信这世界有报应，要不然未来的日子可咋过呀？"范妮妮看着郭蓓脸上的纱布，认真地说。

"我已经在尽可能乐观了，但人没办法控制自己不去想，只有找一些新的事情去做，用另一种思路和想法强行替代极端灰暗的想法。"郭蓓眼含热泪说。

"我真不知道该说你是积极寻找对策还是消极逃避现实。"范妮妮耸了耸肩。

"告诉你一个秘密,接管直播展销会,盯着你那个……二爸的主持排练,就是我在找的对策,用有压力的紧张工作来减少独处的时间。"郭蓓抽动了两下鼻子,用指尖拭去眼角快要溢出的眼泪说。

"唉,也不知道那边怎么样了。"范妮妮这才想起排练的那位可不是她舌战群儒、身经百战的二爸,而是拳脚枪棒、身经百战的亲爹,昨儿还跟人闹了一场呢。

"咱们去看看吧,我向你保证,绝不会再通过你来打探案情了,如果要问,我就直接去刑警队找你男朋友问。"郭蓓举起三根手指说。

"他其实说了不算,混到快三十还只是个副组长。"范妮妮摇摇头笑了。

## 26

郭蓓和范妮妮走进演播厅的时候，小平头已经被旁边围观的刀郎关在了屁股下面的厚纸箱里，正研究怎么从几个给它呼吸的小口中逃脱。范天平他们的排练也开始进入状态，郭蓓和范妮妮在最后面不入镜的区域，有距离地欣赏了一出好戏。

台上的范天平已经完全没有了昨天拘谨而又游离的状态，这会儿正在友好地和一位治疗糖尿病方面的专家"冯教授"亲切交流。

"我在糖尿病领域专心研究了多年，遇到了不少苦不堪言的患者，当然也接触过很多疗效不同的药物和保健品，可唯有这个怀仁胰宝，作为一款纯天然的保健品，在降糖方面具有神奇的功效。"“冯教授"面对导演亲自推过去的镜头认真地说。

"那是当然，我们怀仁胰宝，经过数万例临床试验证明，具有平稳血糖、修复胰岛细胞、清除药毒、滋养心脑肝肾等器官之功效，其主要成分，全都是纯天然生物取材，对人体无任何副作用和不良反应。"范天平欣慰地点点头，转身又走向一位精瘦精瘦的小老头，"这位老哥，您也是今天来这边免费领取活动赠品的患者吧？"

"对，我就上个月买了几盒怀仁胰宝，昨天你们打电话说我中奖了，来参加活动有赠品，我还寻思是骗子呢，后来又琢磨，万一不是呢，正好我也想再买。到店里，就让人开车把我拉来了。"老猫抹了一下唾沫星子说。

"您得糖尿病多少年了？"范天平贴近老猫问。

"七八年了，指标一直降不下来，原先打胰岛素，后来听朋友介绍，说这个怀仁胰宝可以让我不用天天扎针，确实有效，胰岛素我都停了半个月了，指标也有明显下降，得感谢你们哪。"老猫一脸憨厚。

"这是我们应该做的，祝您身体早日康复。"范天平拍拍老猫的肩膀，让他坐下来。

郭蓓和范妮妮都看傻了，排练现场的气氛就算现在是直播，也绝对可以吸引不少消费者的关注，主持人、专家、患者，几乎是打成一片地高效沟通。品牌活动做到这个份上，大大超出了怀仁康泰品牌部那些人的预期。

"这些演员比昨天那些强多了。"一位怀仁康泰品牌部的人对郭蓓小声说。

"嗯，范总确实有点儿真本事，我还以为今天他又得像昨天刚上场那样给我添堵呢。"郭蓓笑着对身边的范妮妮说，"你得多跟你这位二爸学着点儿，张总以前夸他是个八面玲珑的人，我还不太相信，总觉得范总牙尖嘴利，干的净是投机取巧的事，现在看来，是我肤浅了。"

"别说你，我都没想到，这不是在做梦吧？"范妮妮心里的震撼程度比郭蓓大多了，她比谁都确定台上的人不是范天安，而是她爸范天平，一个小学没念完、打的架比认的字还多的人。

"估计是你离得太近，不识庐山真面目了。"郭蓓经过之前在路上和范妮妮的交流，非常喜欢这个孩子，搂着她亲热地说。

"关键，他是泰山。"范妮妮摇了摇头说。

"哈哈，你们家山头还真不少。"郭蓓并没有察觉到范妮妮说的话有什么不对，"甭管什么山了，待会儿叫上你二爸，咱们一起吃个饭吧。"

这场排练虽然是范天平和他的老炮儿天团第一次合作，但在监狱里同吃同睡近十年的默契，使每个人都在超常发挥。范天平看着提词器那边开始播放结束语，居然还有些意犹未尽。导演一喊停，蹲在一号机位后面向他不断竖大拇指的秦明亮站起身来直了直腰，脸上笑开了花。

"还行吗？"范天平脱掉西装，擦擦汗问秦明亮。

"完美表现，范叔，您可真是让我开了眼了，我从来没见过哪场活动在彩排期就能如此精彩的。"秦明亮这话里一点儿虚伪的成分都没有。

"一般，再彩排几次，直播效果会更好。"范天平假装非常自然。

"范总，我觉得您都不用彩排了，直接就可以上直播了。"郭蓓走过来，语气中不无酸楚地说，这时她想到，站在台上的人原本应该是她。

"时间还来得及，多熟悉熟悉总是好的。"范天平刚才太投入，才看到这女人，又见她身后跟的是自己女儿，有点儿不好意思地挠头说。

"爸……二爸，这么谦虚可不像你了。"范妮妮从小到大都没有为她这个不省心的父亲骄傲过，但今天，她觉得十分骄傲，眼眶都红了。

"像谁呀？"范天平乐了。

"像……像我爸。"范妮妮扑过去抱了范天平一下。

新导演和屁王一见如故，刚刚停机，这边就已经聊上了。屁王知道能进现场的都明白这是一出戏，低调地表示自己只是个演员，本来还有其他戏要拍，但因为老范和自己是铁哥们儿，所以才推了其他戏来这里助阵。

"我说看您这么眼熟呢，我肯定在电影上见过你，你是不是演过那个《天下无邪》，不对不对，是《我不是赌神》，反正我就看您眼熟，咱们滨城艺术圈小，您常在哪里跑通告，啥时候兄弟去探你的班哪？"导演拽着屁王的一双手就开始摇。

"哦，我平时不在滨城市，在横店的时候比较多，回来也都是跟朋友玩玩小剧场，搞一些话剧创作。"屁王推了一下眼镜说。

"我看出来了，您和您这个团队，确实都有话剧功底，基本功特别扎实，入戏都不用酝酿，简直就是无缝对接。"导演环顾了一下旁边几位一停机就坐没坐相的家伙说。

"导演，你这鞋都裂口子，总台上台下跑，是不是特别费鞋呀？"屁王一低头看到导演的鞋坏了，思路一下被岔开了，放了个闷屁说。

"没事，穿坏就扔了。"导演抽动了一下鼻子，还没意识到就是这位大演员放的屁，反而向他的方向凑了凑。

"那可不行，艺术家也不能完全不讲物质脱离生活嘛。"屁王拿腔拿调脑筋飞转，"你这鞋修修还能穿，我家里是双胞胎，我有个不争气的弟弟，在解放路那边支了个修鞋摊，你可以把坏了的鞋都扔他那儿给修修，活多的话，提我能打折。"

"还他妈在这儿白话，平头哥让上那边领钱呢，干一场领一场，相当敞亮。"洪亮一脸笑嘻嘻地过来踢了屁王一脚说。

"不唠了，我最近得常来，你要在的话咱再聊吧。"屁王说完起身，留下一个悠长而又响亮的屁，导演像被电了一下似的连忙跳开。

## 27

从演播厅里出来后,范天平和他的兄弟们围成了一个圈,不让怀仁康泰的工作人员看到盒子里的小平头,他们的不自然很快就被范妮妮发现了。

"什么情况?"范妮妮过来警觉地问范天平,"你们是不是拿人家什么东西了?"

"小平头跑到这儿找我打架来了。"范天平不想骗女儿,贴着她的耳朵说。

"那你赶紧给人家动物园送回去呀。"范妮妮看看父亲身后的几个朋友,生怕这些家伙把小平头给卖了。

"我……你二爸那边刚做完手术,我得过去看看哪。刚和动物园通了电话,让老猫他们送过去吧。"范天平还在惦记弟弟的身体。

"那行吧,你告诉他们可别私下处理呀,动物园里的动物要在你们手上出了事,那也是犯罪。"范妮妮听到郭蓓在向她道别,一步三回头地警告父亲。

"不能不能,他们坐车直接到动物园,当一回小平头的保镖,中途绝对不会出意外。"范天平笑着挠挠头说。

看着老猫找的一辆大巴把这伙人都送往动物园,范天平搓搓手,心里美滋滋的,他觉得今天是自己这些年以来过得最舒心的一天,范天安的手术顺利,自己顶替弟弟上台主持表现如此完美,就连小平头过来捣乱都被有惊无险地控制住了,不禁有点儿得意忘形。

"妮妮,待会儿把范叔送到医院,咱俩晚上单独吃个饭吧。"秦明亮总算找到机会跟刚刚和郭蓓分开的范妮妮开口约会。

"不行,我爸表现这么好,我晚上得请他吃个饭犒劳他一下,你把我俩都送到医院吧。"范妮妮看着在院子门口的范天平笑着说。

"那我作陪,我来买单。"秦明亮嘻嘻一笑。

"好不容易能甩开我二爸,我俩单独增进一下父女感情,你又想添什么乱?该哪儿混饭哪儿混饭去。"范妮妮翻了个白眼说,"咱俩的事,你就甭惦记了,我心里有人了。"

"谁……范总可跟我说你是单身哪。"秦明亮愣了。

范妮妮刚要和他正式说明自己现在的感情状况,就听大门口那里一声巨响,接着就传来了郭蓓的惨叫。

往他们这边走的范天平回头一看,有一个人在砸碎了郭蓓车子的前挡风玻璃后扔下铁棍,正在往郭蓓的汽车上浇汽油,一边浇还一边喊:"找人抓我?我给你点天灯。"

"救命啊。"郭蓓完全被吓傻了,只知道尖叫。

范天平马上跑过去,在李子洋点打火机的时候,一脚把他踹倒。跟在范天平后面也同样往这边跑的范妮妮二话不说,跳上车去拽满身都是汽油的郭蓓。

李子洋倒地的地方,就在车子一侧,此刻他根本管不上其他事了,身子一滚钻进车下,接着点打火机。范天平动作十分麻利,一手一个拎起还在这辆车上的郭蓓和范妮妮两个女人就往外甩。

火从车下直冲车上,范天平的裤子和衣服都被点燃了,他跳下来后把衣服扯开一扔,着火的衣服刚巧盖在了从车下想往出滚的李子洋脸上,一片大火里一个人惨叫着来回翻滚,可是火已经把他包围了。

演播厅的保安过来时,李子洋一点儿动静都没有了,火势仍然很旺,有人打电话报匪警,有人打电话报火警,还有人拿着灭火器象征性地在外围喷了喷。

大门口的花坛边,吓得瑟瑟发抖的郭蓓被范妮妮抱着,她们面前,满脸煞白的秦明亮把自己的外套披在了范天平身上。

"干吗的,这么狠?"范天平喘息着问。

"郭秘书的前夫,家暴,毁容,前几天还袭警了。"范妮妮看着火里几乎已成灰烬的李子洋，打了个寒战。

"这，就死了？"秦明亮愣愣地问。

"你过去你也死。"范天平不以为然，"那个词儿咋说来着，玩火的就应该被烧死。他自己点的火，还差点儿烧到我闺女，罪有应得。"

"玩火自焚，玩火自焚。"秦明亮念念有词。

"放心，有爸在，谁都不能伤了你。"范天平安慰着瑟瑟发抖的女儿说。

在消防队刚刚开始灭火的时候，方凯就带队来到了现场，一看几个人都没事，马上让人去调取监控视频，并且把他们几个当事人和其他目击者都带上了车。

"不是说你二爸手术吗？"方凯把范妮妮留在最后上车，低声问她。

"这是我爸，今天要是我二爸在这儿就惨了。"范妮妮摇头一叹。

范天安这会儿耳根子一热，作为一个社会活动家，总不消停的他在病房里待得实在太闹心了。幸好嗓子手术不影响行动，他就跑到楼下转悠去了。

范天安气场强大十分有派，一身病号服又没什么伤情，抿着嘴唇表情严肃，像是个身份显赫的大人物在此疗养。很难想象他今天上午刚刚做完手术，只是待得五脊六兽，游手好闲，四处闲逛而已。

159

医院是最方便观察人性的地方,愁眉苦脸的、又哭又闹的、静默无语的、亲友反目的都有。范天安刚转到内科急救室附近,就见一群人围着一个圆心,里面有人在哭,有人在吵,还有人在高声叫骂。

围着的那一圈看热闹的人以为范天安是个领导,见他背着手过来,稍稍给范天安让了个缝隙,他很快就挤到了头一排。只见几个男女七嘴八舌,被他们围攻的是一个低头不语的白发老太太。

"我爸身体一直挺好,咋你俩刚搬到一起,就出了这么大事呢?"一个男人指着老太太怒吼,"幸亏我认识咱镇医院开救护车的,要不还不得直接送太平间哪?"

"你还跟这个老不要脸的磨叽啥?"一个中年妇女扯了一把男人,也对着老太太尖叫:"我告诉你,老头今天没事就万事大吉,一旦有个三长两短的,你俩儿子披麻戴孝跪我家门口都不好使,非告你这老太太谋财害命。"

"咱爸工资卡在谁那呢?是不是给她了?我上次要,他非说给小四了,小四那个身高,仨馒头摞一起都得跳着脚够,他能用多少钱?肯定是给老太太了。"又一个中年妇女说。

"我给小四打个电话吧。"另一个男人说。

"别打了,在海南回不来还着急,等等看能不能抢救过来吧。"刚刚开口的妇女拉住了拿电话的男人。

"哭,你还觍个脸哭?老头都多大岁数了?非硬拽着和你过，缺男人就缺成这样啊？"最先开口的中年妇女挥手打开老太太抹眼泪的手。

"你倒是说话呀，工资卡呢？"第一个训斥老太太的男人也扒拉了一下她。

范天安和周边看热闹的人一样，原本就想看一出家庭伦理剧，结果当老太太露出侧脸的时候，范天安的脑袋像炸了一个大响雷，这个被一圈人轮着羞辱的老太太居然是他妈范老太太。

范天安开不了口，直接大踏步上前，一把揪起扒拉他妈的男人，一拳照着对方的脸打了过去，其他人一见有人动手，赶紧过来帮忙。这会儿范天安都疯了，欺负他妈，这必须拼命啊，他不像他哥一样会打，只能胡抡，反正附近站着的他一个都不认识，一股蛮力发挥到了极致，无论男女，又是一通乱叫。

医院的安保措施是非常高效的，很快一队保安就把他们拉开了，范天安努力挣扎着指向老太太，用能杀人的眼神挑衅对方。

"你是哪个科室的病人？"保安队长把双方都带到了治安室，看范天安手指喉咙，又比画要写字，给他拿来了纸和笔。

"再动我妈一下，我弄死你们全家。我范天安白纸黑字就写在这儿，敢负法律责任，不信试试。"范天安写得一手龙飞凤舞的好字，但他第一时间不是解释自己的事情，而是写了一句狠话，并且展示给对方那一家子看。

"你妈是个老破鞋。"男人刚一开口骂，四个保安就摁住了范天安。

"别在治安室挑事,不然就属于医闹行为了,我们医院在报警后,有权暂时拘禁你们。"保安队长基本看明白怎么回事了,明显偏向看起来更加有派的范天安一方。

"他,他先动手打的人。"一个脸上青紫的妇女指着正在低头写字的范天安说。

"保安同志,我叫范天安,是平安伟业文化传播公司董事长,也是怀仁康泰保健品公司首席智囊,今天刚在贵医院做完声带息肉手术,遇见这家人欺负家母,虽不知为何,但做人子女,不能见母亲受辱,请照顾好家母,我愿接受贵方一切规定处理。"范天安把"字帖"放在保安队长面前,眼含热泪。

"说说吧,为啥欺负人家老太太?"保安队长听说过大名鼎鼎的怀仁康泰,一看范天安这表态,更加偏向他了,转头问那家衣着都不很体面的人。

"他妈和我爸结婚才两天,刚搬过去,今天下午走在街上就不行了,我们赶紧就把老头送这儿来了,现在还抢救呢。你说不怪老太太怪谁?现在我爸就和她好,在她家过呢,这事就得范老太太负全责。"男人摊手说。

"当然她负责,现在老太太是老头的合法妻子,说白了,好的坏的都归她了。"妇女翻着白眼说,"我等会儿还得找她要看病钱呢。"

范天安轻蔑一笑,掏出自己的手机,打开网上银行的账户查询给保安队长看了看。

"12345678，人家账户上八位数，你就别提钱的事了。"保安队长眯着眼睛看完范天安的手机，叹息了一声，语气酸涩地跟那家人说。

"反正老头没事，咋的都行，老头要是有事，咱这官司且得打呢。"中年妇女撇了撇嘴说。

经过保安队长的简单协调后，范天安和孟家人又来到了手术室外，孟家人靠在一起窃窃私语，不知道商量啥。范老太太仍然不说话，还在长椅上低头抹眼泪。这么多年没见他妈哭过，范天安的眼泪也掉下来了，他蹲下去，摸着范老太太的膝盖，用肢体语言安慰他妈。

"你咋的了？"范老太太泪眼模糊中终于注意到儿子穿的是病号服。

范天安指了指喉咙，磨着手指，做了个小事的动作。

"你哥呀，我总担心他打生死架，你呀，我总担心你说扎心话。现在妥了，你一个人顶俩了。"范老太太摸着儿子的头发说。

范天安含泪笑了，比了一个身高的姿势，又动了动嘴唇。

"他能白话啥，他那嘴皮子笨得跟个鞋垫子似的，还有你这张嘴好使呀？"范老太太被他逗乐了，一边抹眼泪一边笑着说。

范天安一看老太太明白了他的意思，乐坏了，开始又用表情又用手跟老太太模仿范天平如何学他一样跟人去开会。

"不知道你比画个啥,都跟妈不走心了。你俩大了还给我留了个妮妮,妮妮大了我也就老了,人越老是越怕一个人过,可惜我命苦哇。"范老太太说这话的时候,语气十分平静。

范天安又掏出手机,在他妈面前晃了晃,告诉老太太,这就让范天平和范妮妮过来。

信息刚刚发出去,急救室的灯灭了,老孟头没能抢救回来。

孟家人齐声痛哭,这时候的范老太太反而没有眼泪了,就靠在儿子的怀里看着他们表演。

## 28

　　接受问询时间最长的人是范天平,毕竟从监控视频上看,正是他一连串疾如闪电般的动作,才使得其他人,特别是郭蓓和范妮妮没有受伤。之前看监控的刑警,包括孔队长都啧啧称奇,在他这个年纪,还有这么强的爆发力,踢人、救人、自救,一气呵成,真是极为少见的。

　　"我这不算惹祸吧?"问询到最后,范天平小心翼翼地打量着自己面无表情的准女婿问。

　　"根据目前的监控和目击者口供来看,你这属于见义勇为了,如果当事人帮你申请,估计还能有个奖励。"方凯严肃地说。

　　"那倒不用,我怕我闺女又收拾我,天天叮嘱我不要惹祸。刚才那坏人不光想烧车,还想烧人,我不能眼瞅着郭秘书让他给烧死呀!后来我甩衣服,真不是故意抡他脑袋上的,当时的情况就是怕自己身上着火。"因为之前方凯问过这个细节,范天平解释。

"这个理解,人的脑子再快,也不可能在那么危急的情况下想着杀人。"方凯点点头,把笔录拿着让范天平签字按手印。

"那我这种情况得拘多少天?"范天安眨眨眼问。

"都说了见义勇为,还拘什么?直接回去吧,外面人等着你呢。"方凯笑了,他这准岳父估计是坐牢坐怕了。

在范天平的生命历程中,这是自己第一次进了公安机关而不用接受管教,所以看到外面的郭蓓和范妮妮,长长地松了一口气。

"人家说我是见义勇为,呵呵。"范天平一个劲儿地傻笑。

"见义勇为,为民除害,无论怎么说,今天您范总都立了一大功。"早就赶来接郭蓓的郭蕊拉着范天平的手,非常亲热地摇了摇。

"别这样,这是公安局刑警队。"范天平根本不认识郭蕊,满脸尴尬,但他也猜到可能是他弟弟认识的某个女人了,因为不知道什么关系,只能指着刑警队的门牌说。

"做好事还这么低调,我咋感觉您好像是换了个人呢?"郭蕊捶了一下范天平。

"二爸,上次你跟张总吃完饭喝多了我去接你,你在车上就说张太太人好,要介绍张太太给我也认识一下,现在不用介绍了,我们刚才聊半天了。"范妮妮一看老爸要露馅儿,立刻救场。

"郭秘书没伤着吧?"为了掩饰尴尬,范天平低头看着一直沉默的郭蓓。

"范总,谢谢你。"郭蓓起身,突然非常隆重地给范天平鞠了一躬。

"你……你别这样,你……这是人家公安局刑警队,不是咱家。"范天平看出入的刑警都看着他们,连忙跟范妮妮比画让她扶着郭蓓。

"走吧走吧,这可真是一把大火,雨过天晴,咱们赶紧一起去吃个解秽饭吧,我要好好陪范总喝一杯。"郭蕊用手指对着范天平钩了钩说。

"不去了吧,今天都吓坏了,咱们改天吧,张太太。"范妮妮一看她爸又发愣,赶紧拒绝。

"你们去吧,我回去休息休息。"走了几步,郭蓓虚弱地说。

"咱都休息休息吧,我很久没活动了,刚才有点儿抻着。"范天平也假装虚弱说。

"那算了,改天吧。咱不带张怀仁,我陪你喝酒。"郭蕊给范天平抛了个媚眼。

"对了,如果范总太累,明天咱们可以不用排练了,暂停一天。"到了门口,郭蓓说。

"不累,明天继续吧。"范天平摇头晃脑说。

郭家姐妹走后,范天平才发现秦明亮不在,一问范妮妮,这才知道，秦明亮是最早接受完问询的，已经提前走好久了。

"是不是你跟人家说实话了？现在咱连个车都混没了。"范天平笑着问。

"车是咱家的，是我二爸的，他早晚都得交出来，大英雄，今天你女儿被你吓着了，受累背我走吧。"范妮妮跳到范天平的背上说。

"压死我得了，死丫头，这么沉还不减肥。"范天平背着女儿就走。

"我二爸消息，估计还担心你今天主持排练的事呢。"范妮妮在父亲背上，掏出手机念消息，"妮，赶紧带你爸到医院急诊，你奶奶在这儿出事了。"

"老太太怎么还能出事了？"范天平一听这消息，也忘了把女儿放下来，背着她就开跑。

"范叔，你们爷儿俩这儿练什么呢？"方凯车刚开出来就见范家父女这副样子。

"方凯快，送我俩去医院，奶奶在急诊。"范妮妮拍着她爸，冲着方凯喊。

三个人根据范妮妮在车上和范天安的沟通，根本没有去急诊，到了医院就直接奔太平间。孟家人正在闹闹哄哄地吵嚷讨论要不要尸检确定死因，一见一个警察带着范天平和范妮妮过来，瞬间没了声音。

"妈，你咋样？"范天平还不知道他妈受了欺负，只当是老太太因为老头突然离世而伤心,所以到了地方先看范老太太的情况,范老太太以前所未有的疲惫姿态蜷曲在范天安怀里。

"方凯,这我奶奶,这我二爸。"范妮妮又冲满脸疑惑的范天安说:"这方凯,我对象。"

"范二叔好。"方凯点点头,看出来这里发生过争执,问范天安,"范二叔,有什么纠纷需要我帮忙协调处理吗?"

"哎呀,我二爸今天刚做完手术不能说话,你问也白问。"范妮妮转头走向孟家人:"你们都是孟爷爷子女是吧,老头是怎么没的?"

"你得问你奶奶呀。"孟家大儿媳见过范妮妮,阴阳怪气地说,"刚结婚两天,老头就没了,我们也很奇怪。"

"医生怎么说?"方凯过来,对方赶紧递上来一份医生给的死亡确认书。方凯看了看:"乳酸性酸血症?这是中毒哇。"

"你看,还是警察同志一眼就看出问题了,中毒,听见没,中毒。"孟家大儿媳妇冲着范老太太的方向吼完又对方凯说:"警察同志,我们家老头可得有半个月没在家吃过饭了,连口水都没回家喝过,就在老太太那儿,中毒是不是得有人下毒哇?谁会给他下毒呢?"

"别在没有证据的前提下进行案情诱导,中毒的原因很多,得借助医生的专业判断。"方凯稍稍偏移了一下位置,站在孟家大儿媳妇和范妮妮中间说,"既然是结婚前各自有家人,那就每家出一个人,带着老太太去医生那边问一下,我跟着过去。"

169

范妮妮知道这会儿男朋友又不是她的了，赶紧说："把我爸带走，别让他在这儿呛火，再闹出什么乱子。真有问题，你决定就好。"

方凯扶着老太太，和孟家大儿子孟宪群还有范天平一起到了医生那里。医生把死亡确认书放到桌子上，对方凯说："两家人不闹了，就能心平气和地跟你们解释了。老头儿是不是常年在吃药？"

"对，我爸身体不好，糖尿病。"孟宪群说，"你就说到底是谁下的药吧。"

"这个不是谁能下的药，只有可能是误服的药。乳酸中毒是一种药物过敏反应，病人的体质原因和服食过的药物产生化学作用，酿成了大祸。"医生拍拍孟宪群的肩膀。

"警察同志，我报案，总得有人管管我爸让人毒死了这事吧？"孟宪群拽着方凯问。

"谁给你爸下毒了？你他妈给我说清楚。"范天平一把就卡住了孟宪群的脖子。

"别在这里吵，在这儿动手就是扰乱公共治安。"方凯大吼一声，两个人赶紧分开。

"这个真没办法确认是哪种药物含有哪种微量元素导致了病人死亡，不过可以肯定的是，无法通过下毒完成，只能说是意外。"医生耸耸肩。

"既然是意外，就抓紧处理后事，民事纠纷有争议你们可以打官司,在这儿闹像什么话?"方凯这话主要是对范天平说的。

"妈,你没事吧?"范天平扶了一把虚弱的母亲。

"范奶奶,您节哀,保重身体,其他的事情我们来处理吧。"方凯蹲下去看着范老太太,心想这老太太可和范妮妮跟他讲过的那个暴躁老太太形象不符。

正在打字和侄女痛诉老孟头这些子女有多可恶的时候,范天安的手机进来一条微信,是郭蓓发来的,内容很简短:新厂择址黄龙镇丰水段。

范天安立马跳了起来,可惜他没办法说出来:离我家那么近,过两年因为污染维权的,不就得有这些人了吗?

## 29

秦明亮在老孟头刚咽气的时候就到了医院,他是最早结束警方问询的目击者。之所以先范天平和范妮妮他们一步离开刑警队,是因为他想找范天安问一问,哪怕只能用文字交流问一问,范妮妮说自己已经有了恋人这件事情到底是真是假。

到了医院后,秦明亮发现范天安没在病房。他给范天安打电话,对方也一直处于不方便接听的状态。随后秦明亮给范天安发了个文字消息,问对方在哪里,范天安回了他三个字:"太平间。"

秦明亮以为范天安出去办事了,而说在太平间只是和他开的一个玩笑,所以根本没往真有人死了这方面想。在病房里等了一会儿,他终于坐不住了,就打听了一下太平间的位置,一说就在地下,直接想过去看看,哪怕上范总一当,当个笑谈也好。

结果他刚到，就看到范家父女带着方凯来到了太平间，特别是范妮妮和那个警察之间亲昵的态度，明显已经是情侣了。那一刻，秦明亮觉得自己真的上了范总的当，这不是那种无伤大雅的玩笑，他之所以这么努力帮助范家两兄弟偷梁换柱唱双簧，只有非常现实的目的，升职加薪讨老婆。

以范天安以前在公司的做派，每次公司有人升职加薪都得观察好久，然后一再用各种敷衍的手段拖延兑现期限，如果不是有个会说会笑的范妮妮在眼前，秦明亮只会当成又一张空头支票。

现在都没有了，范妮妮如果是别人的，他本人的升职加薪也不会顺利了，在秦明亮看来，这是必然的，毕竟范天安混迹江湖这么久，凭的就是一张可以开源更能够节流的嘴。自己一定要另想办法了，留存一些能够在未来恫吓范天安的凭证和依据，这老家伙对怀仁康泰的张总可没少耍心眼，套路一环接着一环，甚至连主持人都找替代者，签合同的可是平安伟业的法定代表人范天安，哪怕范天平真能圆满完成任务，以后这都是把柄。

打定主意了，秦明亮的心态就没那么灰了，如果不能在这边如愿，起码还有机会搜集翻脸的证据相要挟，退一万步说，就算要挟不成了，把证据卖给张怀仁那边，卖好了自己有下家，卖不好以张怀仁的手笔也不会让他一无所获。

这是一家什么人呢？老大在刚刚管闲事的过程中歹徒意外

把自己烧死了，老二这儿又不知道在给谁送殡，就女儿正常，还不是他的。

秦明亮看着方凯带走了范天平和范老太太，这边只留下了范天安和范妮妮，这才走上前去，像没事人一样出现了。

"怎么了，范总？"秦明亮刚过去就见范天安跳了起来。

"打架了呗，我二爸今天可不痛快，刚打完一架，像你这种把我们爷儿俩扔在刑警队自己跑了的人，送上来会被打的。"范妮妮没看出秦明亮的不同，上去戳了他一下。

"我是问，家里谁出事了？"秦明亮闪了一下，感觉自己被她戳疼了。

"唉！"范妮妮顿感伤怀，小脸一沉，"我奶奶的老公，孟爷爷。"

"需要我做点儿什么吗？"秦明亮问。

"你明天一早开车到黄龙镇，沿着丰水段绕一圈，摸清楚怀仁康泰新厂址的具体方位和区域面积，最好能画个草图给我。"范天安举着手机上刚刚打的一个备忘录给秦明亮看。

"什么？新厂址在黄龙镇？"秦明亮也惊了，怀仁康泰新厂址在哪里这个事，不但在平安伟业公司里形成了讨论推断，甚至大家都开了赌局，秦明亮输了，当时他选的是张怀仁的新厂址将跳出滨城市辖区。

范天安点了点头，又拿手机敲了几个字："我要知道他们的片区概况，看看离居民生活和供水区有多远，以便为接下来的连番硬仗做好准备。"

"医生怎么说？"范妮妮见方凯和范天平他们回来了，迎上去问。

"中毒源头不太确定，老头的体质状况也得尸检认定。"方凯简单说了一下情况。

"这是秦明亮，我二爸的得力干将。看到了，我男朋友，方凯。"范妮妮一脸骄傲地把方凯拉到秦明亮面前。

"你好。"虽然心中打翻了五味瓶，但是秦明亮表现得仍然十分得体，这是他作为公关人的首要素质。

"你好。"方凯没在意他，只是对范妮妮小声说，"把老太太先送回去休息休息吧，今天折腾得不轻，这岁数了，她再出意外就坏了。"

"嗯。"范妮妮点了点头，过去劝奶奶。

"我也才知道的，这事还没来得及和你说。"范天安意识到秦明亮在用专业技能压制情绪，作为领导和长辈，他也觉得很尴尬，打了一行字给秦明亮看。

"您不用说了，范总，我明白的，我先回去了，明天一早就动身去黄龙镇。"秦明亮说完，就和范家人打个招呼，离开了太平间，他觉得自己这个外人，在这个场合里是不受欢迎的，而原本属于他的位置，站着一个玉树临风得让他自惭形秽的警察。

张怀仁听到的李子洋之死的版本是郭蕊讲给他的，最近张

175

怀仁一直忙着在私下里招标和运作启动新厂建设的事宜，同时还有上市前的一些融资情况，根本无暇顾及其他的事情。

当他听到郭蕊眉飞色舞地跟他说起范天安是如何英雄救美、勇斗李子洋的事迹时，张怀仁开始的反应是不相信。

张怀仁已经受够郭蕊用李子洋的事情烦他了，那就是个屡受打击、性格变态的亡命徒，狗一般的人，因为这事，他钱也花了，人也找了，最后还差点儿惹火烧身。可今天的郭蕊说，惹火烧身的人是李子洋，化成了灰烬，所以张怀仁还是耐心地完整听完了她的讲述。

"你不是没亲眼看见吗？"虽然张怀仁知道李子洋的死已成事实，但仍然对郭蕊的亢奋不以为然，皱着眉头问。

"蓓蓓跟我说了好几遍，这还能有假？"郭蕊翻了个白眼。

"范天安就是个夸夸其谈的家伙，唇枪舌剑还行，真打起来吓都吓死他了，这人胆子比针鼻儿还小，你说他能不顾自己的安危出手救蓓蓓，我是不信的。"张怀仁摇了摇头。

"由不得你不信，这事就真的发生了，要不是有他在，今天蓓蓓就彻底完了。"郭蕊拿下面膜双手拍着脸说。

"你呀，是不了解他。上次蓓蓓被毁容的时候，范天安就在现场，我亲自从保安室调的监控录像，李子洋就在他车前划开了蓓蓓的脸。范天安吓得在车里躺了半天，其实只要他启动车子，直接撞过去，后面就没那么多麻烦了。"张怀仁轻蔑一笑。

"还有这事？蓓蓓不知道吧？"郭蕊问。

"没让她知道,我就是拿这事逼着范天安替代蓓蓓帮咱搞活动,亲自上场做主持人,把他和咱拴在一只船上,以后再有危机,凭这小子的手腕,为了自保也得拼命。"

"兴许人家就变了呢,当时还有他侄女在现场,也跳到车上去救蓓蓓了,为了侄女他才会拼命。"

"我看以他的胆子,亲闺女都未必,你说那个英雄本色,和我认识的范天安就不是一个人。蓓蓓肯定是吓傻了,不记得当时的情况了。反正李子洋死了是好事,我懒得再管你妹那点儿烂事了。"张怀仁起身穿衣服。

"你又干吗去?"郭蕊看着他准备出去的背影问。

"我的事情你少管。"张怀仁根本不解释,穿好衣服就出了门。

张怀仁是在和郭蕊结婚一年后出的车祸,那场意外造成的最严重的后果就是张怀仁不能人道了。他们当初寻医问药试了许多办法,仍然没有让张怀仁重振雄风,使他的性格变得越来越阴郁。

郭蕊第一次出轨的时候,张怀仁就已经知道了,只是一直隐忍未发。因为她的出轨对象,就是为张怀仁进行中医手法治疗的杏林世家子弟汤立臣。然而接受了又一段漫长的治疗后,张怀仁的情况仍然不见起色,那对野鸳鸯的情感却日渐浓厚。

与此同时,汤立臣与自己的团队正在研究一个治疗糖尿病的秘方,该秘方进展不顺,直到汤立臣取得了重大突破,临床疗效大大增强，许多患者将其认作神药。就在汤立臣名气最旺时，张怀仁找上了门，带着他和郭蕊偷情已久的诸多铁证。

为了不至于身败名裂，使家门受辱，汤立臣拱手将自己苦心研发的秘方让给了张怀仁，这就是今天的怀仁胰宝。张怀仁怕汤立臣秘方有诈，也为了控制他这个人，默认了汤立臣和郭蕊的情人关系，并将其重金礼聘为初创成立的怀仁康泰保健品公司首席技术官。

汤立臣只是一个医药工作者，他根本不知道怀仁胰宝在全面商业化之后会产生这么大的经济利益，即使是和张怀仁撕破脸，弃郭蕊如敝屣都必须重新争取利益。可他完全没有想过，在市场化的过程中，张怀仁付出了多大的努力。

看着绝情的汤立臣不停地闹事，郭蕊也心灰意冷，这个男人在格局上比起张怀仁来说差远了，即使张怀仁不能人道，依然保证了她的形象和体面，并且对她关怀备至。在这样的心态落差下，郭蕊终于站在了张怀仁的一方，开始和他研究如何才能让汤立臣永远消失闭嘴，而他们夫妻可以完全占据怀仁胰宝带来的市场收益。

八年前的一天，郭蕊去了汤立臣的实验室，在和他交谈时，将其骗到了封闭实验舱，注入有毒气体后，眼睁睁地看着汤立臣窒息而亡。接着郭蕊又和如约赶来的张怀仁处理现场，制造了一种实验过程中出现意外的假象，两口子结合之前商议好的串供方案，误导了警方，完成了杀人灭口的目的。

从此后，张怀仁和郭蕊的关系，就真是患难夫妻了，平时各行其是，表面上恩爱有加，张怀仁对郭蕊家人都很好，特别是对郭蓓，毕竟从小看着她长大，也承担了保护她的义务，这让郭蕊在情感上十分依赖张怀仁，可在肉体上，她无法忠贞地守活寡，只是张怀仁再不过问她的事情罢了。

对于张怀仁来说，他也找到了生命中更大的意义，那就是努力汲取财富和权力，来填充自己永远都满足不了的欲望。

## 30

夜半三更,睡了没多久的范老太太就哭醒了,在梦里,老孟头向她告别。范老太太在梦里就知道自己是在做梦,也知道老孟头永远都回不来了,自己的克夫命将会持续终老。

范老太太是个刚强人,比起其他老太太,她绝对是个狠角色,即使孟家人那么丧心病狂地骂她、指责她,甚至推搡诋毁她,她都没当回事。范老太太不怕他们家人,守寡这么些年,难听话听多了,上门惹事欺负人的也不少,哪个不是让她硬碰硬给打出去的?

范老太太之所以像现在这么难受和脆弱,有一种世界崩塌的感觉,首先是因为心疼老孟头,毕竟夫妻一场,哪怕夕阳恩爱,可两个人的感情也是很好的,其次还是叹命运不公,凭什么自己想享受个晚年都不行?到底谁伸出了左右人间的翻云覆雨手？

有些话，范老太太永远也说不出口了，对儿子们没法说，对孙女更没法说，她毕竟是个女人，是个七十多岁，还尽可能让自己去拥抱阳光的女人。这一辈子一步一个坎儿，她都没有绝望，老了老了，命运还把她推进了大坑。这是咋了吗？

在范妮妮陪同下，范老太太回了趟黄龙镇，老孟头和范老太太前些日子就已经搬到了一起，就住在范家的房子里。老头的东西很少，但也足以让范老太太睹物思人、备感难过了。范妮妮插科打诨，想逗奶奶开心，可老太太根本不搭理她，开始拾掇老孟头那一大箱子药。

"孟爷爷咋吃这么多药？好人也吃出毛病来了。"范妮妮看着奶奶整理药箱，突然发现了一堆熟悉的包装，上面是郭蓓的背影，"这不是怀仁胰宝吗？我们公司生产的药，这女的是董事长秘书，我爸昨天还救了她一命呢。"

"你爸还救人？不害人就算是有出息了。"范老太太哼了一声。

"他怎么买了这么多呀？我们公司的定价可不便宜。"范妮妮过去扒拉了一下看看说。

"天天吃嘛，说这不是药，是保健品，都是纯天然的，吃了效果也真好。"范老太太说，"后来连胰岛素都不打了，血糖指标都特别稳定。"

"没想到孟爷爷是我们公司的忠实消费者，要是他不出事，这次我爸顶替我二爸搞的那个活动,完全可以让他也到现场感受一下。"

"他感受个屁,他敢死。"范老太太说完又是一阵悲从中来,把药箱都扔在了地上,"一天好日子不让我过,要不是花钱买罪受,乱吃这些破玩意儿,能死?"

"烧烧,咱都烧了,反正也没人吃了。"范妮妮赶紧帮着奶奶收拾。

"别动,我不烧了。"范老太太突然制止范妮妮。

"咋又不烧了呢?"范妮妮愣了。

"给我留着,得查查这些药里哪个有那个什么乳酸能让他中毒。这可都是医生给开的,都说没问题的,药单子都在,谁开错了,我找谁去。"范老太太说,"反正谁不想让我好好过,我就也不让他们好好过。"

"他这……这常用药就四五种,全算上得七八种,要都送去检测,得花不少钱。"范妮妮翻看着地上的药物说。

"我养你们仨花了多少钱,你们仨都给我吐出来,倾家荡产我也要查。"范老太太这一股气终于想到如何发泄了,"非可着我一个人欺负,这口气我坚决不能咽。"

"行,奶,你想干啥我们都支持,我让方凯联系检测机构,必须查。"范妮妮小心翼翼地打量着奶奶问,"都查吗?"

"都查,你们那个什么保健品也查,凡是他吃进肚子里的东西,除了我做的,都查。"范老太太一跺脚。

秦明亮已经在黄龙镇丰水地段绕一大圈了，那里的河西地块已经被划线圈禁了，而河东有个饲养基地，不少工人正在四周扒院墙。秦明亮下车过去打探了一下，工人只说是这边要扒了重新盖，具体盖什么不知道，再问的时候，几个流里流气的大汉牵着两只汪汪乱叫的大狼狗从院子里过来，看他是个西装革履的陌生面孔，就把他给围上了。

"打听啥呢？"一个面目凶狠的矮胖子不怀好意地凑近秦明亮问。

"哦，我路过，看这儿挺好的院墙要拆，就过来看看，随便打听打听。"秦明亮尴尬地一笑，躲着对他作势欲扑的狼狗。

"你是干吗的你就打听？这里是私人地界知道不？你闯到我的私人空间来了，是不是想偷东西？"矮胖子一把就揪住了秦明亮的衣领。

"大哥大哥，我真不是有意的，我这两手空空，能偷您啥呀？"秦明亮赶紧求饶。

"我们这儿今天早上刚丢了一头猪，就是你偷的。"矮胖子抬手就给了秦明亮一巴掌。

"干吗呢？"又一辆豪车缓缓驶来，司机把窗子降下来问。

"张总，这是张总的车吧，我是范总公司的小秦哪。"秦明亮一看这车，就像看了救星一样。

"你跑这儿来干吗？"张怀仁把后面的车窗也降下，睨了一眼秦明亮。

"范总让我过来看看,看您这边有什么需要帮忙的。"秦明亮赶紧找托词。

"范天安怎么知道的这儿?"张怀仁问。

"他没说,就是直接让我来黄龙镇丰水段了,说这就是您的新厂址。"秦明亮一被徐雷松开,就点头哈腰地走向张怀仁。

"哼,你回去告诉范天安,踏踏实实把活动给我做好,品牌形象和展销会的事我全指着他了,别聪明过头了,来掺和不该他掺和的事,这块肉烫嘴他吃不下。只要他能完成本职工作,该给他的一分都少不了。"张怀仁说完挥挥手,车子驶进了旁边的院门。

秦明亮平白无故被打了一巴掌,这会儿恨的不是打他的人,而是范天安,地块看明白了,硬仗没打成,自己倒先被打了。这都马上要明了的事情,非赶那么早几天,好像真能刮到什么油水一样,信息重要诚然不假,但是人家张怀仁都说了,这块肉烫嘴,不让平安伟业掺和,你范天安至于这么敏感吗?

秦明亮赌气上路准备返程,就在镇上走城际大巴的交通点,秦明亮看到了高挑显眼的范妮妮,正陪着她奶奶在那里等车。范妮妮拎了不少东西,老太太手上拎着个小布袋。秦明亮开的是范天安的车,要是突然闯过去也不合适,只好忍着不悦,把车停了过去。车门一开,满脸笑容地接过范妮妮手上的东西。

"怎么不给我打电话呢?在这儿等什么车呀?"秦明亮的表情很自然,但脸一侧是红的。

"你脸怎么了?"范妮妮跟着他往后备厢放东西问。

"昨晚没睡好,路上怕困,抽了自己一个大嘴巴。"秦明亮嘿嘿一笑。

"还困不?我再帮你抽一下另一边。"范妮妮笑着扶奶奶上车说。

"我可不敢劳范大小姐您的大驾。"看着她们上车,秦明亮的笑容消失了。

"我们家人干别的不行,打架绝对行。"范妮妮在秦明亮上车后,拍着他的座椅背说,"看见没,我奶奶手上拎的是个三节红缨枪,她这岁数,要耍起来,能给一群大老爷们儿放血。"

"胡说八道,我这是锻炼身体的家什儿。"范老太太嗔怪说。

郭蓓看着范天平和他那些"群演"在排练结束后有说有笑地打成一片,心里不禁产生一种异样的感觉,这个人真的不像她之前所了解的范天安。

在郭蓓的心目中,范天安是个无利不起早的家伙,嬉笑怒骂都是用来卖钱的,只和有钱人勾肩搭背,那一张嘴能把黑的说成白的。可现在的这个范天安,却有一种骨子里的诚恳和野蛮,和导演以及群演说笑的时候,动作都大开大合,不像,太不像了。

郭蓓摇了摇头,想忽略这种感觉,她给自己的解释是,由于昨天范天安那一场英雄救美的好戏,使得自己心里产生了感恩滤镜,现在看他顺眼,不过是出于情感上的重新认知。

"郭秘书,要不咱们今天就到这儿吧。明亮有事,我得跟

185

他们车一起走。"范天平过来对郭蓓说,现在有了众兄弟在打配合,演起弟弟来范天平更加得心应手了。

"可以,没问题的。"郭蓓回过神来说。

"那我们先走了。"范天平挥了挥手。

"等一等,范总,我的车……"郭蓓看看向着这边指指点点的那些诡异的家伙,下意识抬手掩饰了一下伤处说:"能多捎一个人吗?"

"哦,没问题,我和他们说一下。"范天平想想点点头。

回程的大巴静得十分诡异,由于范天平的交代,不能在怀仁康泰的人面前露馅儿,谁也不敢说话了,屁王被安排在最后面一排独自放屁,范天平也不理身边的郭蓓,径自看向窗外,脑袋里在反复提醒自己,身边这女人是个麻烦,千万不能掉链子。

"本来今天可以不来的,发生了那么大的事情,排练停一天也没关系。"郭蓓没话找话说。

"不行,答应了就得来的。"范天平显得很不自在地扭了扭身子。

"我上午给妮妮打电话的时候,她说她请假了,是不是昨天吓着了?"郭蓓关切地问。

"她……她还好,那丫头胆子不小。她跟我妈回趟家,处理一些家事。"范天平咧嘴笑了。

"她爸是不是特别不负责呀?孩子一直都扔给你管?"郭蓓问。

"怎么不负责了?那不是没办法的事情嘛。我……我最疼妮妮。"范天平不愿意了。

"看出来了,昨天紧急时刻都一口一个闺女地叫,真把侄女当闺女养了。"郭蓓笑着说。

"对,我们哥儿俩都这么叫,毕竟就这一个闺女。"范天平挠头说。

"黄龙镇新厂址的事情,你别跟我姐夫说是我告诉你的,他之前一直叮嘱我,时机还没有成熟,不要对外面提前公布。我昨天告诉完你,就有些后悔了,可后来想想,都是兄弟单位,你为我们怀仁康泰鞍前马后服务这么多年,没必要隐瞒,反正,说了你知道了就好了。"

"放心,我不说。"其实范天平根本就不知道这事。

"今天原本我也不想来了,但昨晚睡得非常好,早上那种状态,怎么说呢,就像从一场长长的噩梦里醒过来了,我和李子洋这辈子的孽缘总算完结了,但愿下辈子不见了。"郭蓓仰起脸说。

"下辈子的事情,谁知道哇?那个疯子,就是想自己临死的时候拉个垫背的,这种人,我见多了。"范天平不以为然地说。

"范总确实是见多识广深藏不露,我没想到你反应那么快,真不知道怎么感谢你。"郭蓓以为这个范天安在吹牛,顺着他说。

"哎呀不用,别说是合作伙伴了,就算是个路人,我见他那样,非要杀人不可,该出手也出手了。"范天平摆摆手。

"我姐说,无论您是仗义也好,是凑巧也好,总之救命这么大的事情,我们都应该对您有所表示的,只要怀仁康泰还是我姐姐和姐夫控股掌权,您永远不用担心合同解约。"郭蓓说,"这几天她还想约您,方便的话我们一起吃顿饭,当面也有重酬。"

"这个事以后再说,最近工作忙,没时间。"范天平心想,过了半个月,等弟弟能开口说话了,你们随便去哪儿吃哪儿唠,自己就找个地方和小平头接着混日子了。

"好吧。"郭蓓明显感到了对方的敷衍,而后面这一车几十号人诡异的沉默,以及带着一股子邪气审视的目光,也让她觉得与整体氛围格格不入,就对司机说:"师傅前面路口停一下,我去办点儿事。"

眼看着大巴车继续前行,郭蓓发现车里的人都开始动了,像是在又唱又跳一般,欢庆她这个局外人离场。郭蓓备感羞辱,她承认自己以前确实有一些地方针对过范天安这个人,昨天他的以德报怨仗义出手,让自己产生了些许幻想和感激,可就算是再大的恩情,也不能在别人热脸贴过去的时候,直接给个冷屁股哇,郭蓓咬咬牙心想,这范天安真的是个浑蛋,自己以前对他那些不好的印象是没错的。

## 31

范妮妮找到方凯的时候，方凯正忙得焦头烂额，薛宇通的命案现在上面催得很紧，立交桥的建设工程烂尾本来就是滨城市的一道伤疤，现在又在那边发现了一个像宰猪一样被杀的人，从局长到队长再到组长，一提这事都龇牙花子。

这案件之所以难办，还因为薛宇通这人社会关系复杂，开了个茶楼，里面的人三教九流，那里不仅卖茶，还倒腾一些玉器文玩，这个江湖人称薛大炮的家伙，可是门重炮，交际网络四通八达，有上得了台面的，有上不了台面的。

李子洋死了，通过对郭蓓家附近的公共视频调查和走访发现，李子洋最近几天一直在盯着郭蓓，正因为进不去郭蓓家小区，他才在路上铤而走险，意图同归于尽。这个之前重要的怀疑方向被排除了，方凯这组人又开始埋首在一摞厚厚的关系档案中，寻找有可能对薛宇通下手的那个人的蛛丝马迹。

"又咋了?"收到范妮妮微信的方凯来到刑警队门口,刚才他和组长发生了些案情分析上的争执,气儿正不顺呢,看到范妮妮也没什么好脸色。

"有点儿事想找你帮个忙。"范妮妮笑嘻嘻地凑近方凯,看他躲开马上嘟起了嘴。

"赶紧回去,我这儿是刑警队,没时间搭理你。"方凯转身要往里走。

"不是我的事情,是奶奶的事情。"范妮妮赶紧拦停叫住了他。

"奶奶怎么了?"方凯问。

"老太太非要找人分析孟爷爷吃过的那些药物成分,你上次带我见那个老同学不是在 CIS 检测实验室吗?找他帮个忙行不?"范妮妮讨好地笑问。

"常规药物检测,花点儿钱哪里都能做,不一定非找周浩。我都不知道他忙不忙。"方凯看着范妮妮的脸,心就软了,"我把他微信推给你,你找他问一下人家有没有这时间吧。"

"谢谢警察叔叔。"范妮妮又要扑过去,方凯连忙跳进刑警队的院子,气得她一跺脚,"死样。"

当天下午,范妮妮就赶到了滨城市 CIS 检测实验室找到周浩。他们之前在微信上随便聊了几句,周浩和方凯是中学同学,已经升格为奶爸了,性格非常开朗活泼,和方凯简直形成了鲜明对比。

"浩哥,几天没见白了哈,还是你们坐办公室的好,哪像方凯,天天往外跑,晒得黑不溜秋的。"范妮妮热情地和周浩拥抱了一下。

"得得得,你别这样,让凯子看见还以为我媳妇不管我了呢。"周浩白胖白胖的脸一笑起来像个弥勒佛。

"你知道方凯那人,工作特殊,总怕求人办事,可这次的事情是我求你的,浩哥可千万别把人情账算在方凯头上,以后扫黄打非的时候又去找他讨人情。"范妮妮笑嘻嘻地戳了一下周浩的肥肚子。

"拉倒吧,十几年兄弟,我还不知道他,他能让你找我,就已经算是给你有限责任待遇了。药物检测的事,好办,咱实验室里新的检测分析器材花了大几百万,要精度有精度,要速度有速度。"周浩骄傲地说。

"我就说你浩哥肯定有办法,不过,我这可有点儿多。"范妮妮打开随身包,把各种药物摆在周浩的办公桌上,码了一排。

"这么多?"周浩挠头了。

"钱不是问题,走正常程序,发票开我二爸公司抬头的。"范妮妮拍着胸脯说。

"精度和速度都是相对数量而言的,这样吧,我们一样一样来,我安排一下,这周先帮你安排两样,你选一个觉得最有可能出现成分问题的,再选一个最没可能出现成分问题的,咱双向包抄。"周浩指着那七八种药物和保健品说。

"这个,我就觉得这个长得不好看,瓶子颜色我不喜欢。"范妮妮挑出一个药瓶,又笑眯眯举起了怀仁胰宝,"还有这个,我爸代言的我们公司的产品,怀仁胰宝,纯天然提取物,无任何化学添加成分。"

"看着像你代言的,既然是自己公司的产品,又主打纯天然,还检测什么?"周浩摇了摇头。

"我奶奶现在疯了,都想把孟爷爷的假牙检测了,咱就听她的吧,排除一样是一样。"范妮妮皱眉说。

范家兄弟陪着范老太太处理完老孟头的后事,范天安就办理了出院手续,一直跟着他们的秦明亮把他们送回了家。

"说说吧,你俩咋回事?"范老太太在车上开始过问这俩儿子玩双簧的事情。

"人家让他去主持活动,他现在这样,也不能说话,我就顶上去了呗。"范天平陪着母亲坐在车后座,低头说。

"你能行?他那张嘴,死的都能说活了,见啥人说啥话。你这嘴,笨得跟棉裤腰似的,三棒子打不出一个屁,还能顶替你弟?"范老太太瞪了一眼大儿子。

"范奶奶,范大叔的嘴可不笨,排练现场的效果非常好,就连怀仁康泰那帮专业挑刺儿的人都挑不出啥毛病来。"秦明亮开着车说。

"嗯嗯嗯。"范天安表示这次哥哥超出了他的想象。

"一个手欠愿意干仗的,跑去跟人家耍嘴皮子。一个嘴欠愿意白话的,把人家老孟家人给打了。你们哥儿俩真会玩,这是活五十来岁活调个儿了呗?"范老太太想起刚刚孟家人对始终不发一言的范天安充满了防备,感觉十分怪异。

"你当我愿意白话呀?他写那玩意儿,上面啥意思我都不知道,照着演呗。"范天平嘟囔了一句。

"嗯嗯。"范天安扭头表示鼓励和认可,只要撑下来这场,他能开口说话,一切麻烦事就都雨过天晴了。

"不知道啥话你就敢说,我大儿子别的不行,就是胆子大呀!"范老太太叹息了一声。

"怀仁胰宝在咱们省内也算知名产品了,其实不用解释太多,就是上去演场戏,抒发一下感情,骗骗老头老太太,我范大叔没问题。"秦明亮自作聪明地解释。

"那咋能骗人呢?这万一要是出事,是不是又得关你?"范老太太急了,苦口婆心地对范天平说,"妈这辈子没享过几天福,你都活这岁数了,光在监狱就待了十几年,再进去,你就看不着你这个妈了。"

"嗯嗯嗯——"范天安马上在前座往后面探了半个身子,手舞足蹈地和范老太太解释。

"你给我闭嘴,对,你说不出来话了,给我待着。"范老太太拍了范天安一把。

"范奶奶,我们范总是想跟您说,咱们公司做的是公关行业,搞公共关系，只能说是在引导舆论，为客户的品牌美誉度和市场销售行为保驾护航。不会扯上官司，出事也是客户的事情，跟咱没关系。"秦明亮说完看了范天安一眼，范天安点点头，给了他一个赞许的表情。

"啥意思？别人偷驴你拔桩子呗？"范老太太皱眉问范天安。

"哪有您说的那么严重？"秦明亮这会儿成了范天安的代言人。

"孩子，我说我儿子呢，你专心开你的车吧。"范老太太严厉而又不失礼貌地说。

"妈，没事，光说，不惹祸。"范天平挠挠脑袋说。

车到范天安楼下的时候，秦明亮想帮他们把东西拿上去，被范老太太拒绝了。范天平贴着他耳朵解释了几句，大意就是老太太因为老孟头去世，和他们家人闹成这样，心情不好，到楼上是要执行家法的，让外人看了不太好。

秦明亮表示理解，他知道自己是外人。

外人秦明亮在开车回家的路上越想越气，范家人这是在抱团欺负人，耳光他挨了，训斥他也受了，这活儿是没法儿干了。

晚上，秦明亮换了一张手机卡，给张怀仁发了一个长长的短信，信息内容是范家有一对双胞胎兄弟，范天安做了声带手术，近期无法发声。而此刻排练做准备，即将主持展销会的人，不是范天安本人，而是范天安的哥哥范天平。

信息发过去后，如泥牛入海，秦明亮等了好久，张怀仁那边毫无动静。

"我就说范天安没有这个本事吧。"张怀仁把短信拿给郭蕊看，"弄了半天，是兄弟两个在演双簧，照你们之前的说法，他哥哥倒是个人物。"

"谁给你发来的？"郭蕊看完就问这消息来源。

"我没有好奇心，不想知道这个。现在无论范天安也好，还是他这个叫范天平的哥哥也好，只要能搞定网络直播那场展销会的事情，就功德圆满。我只要结果，不想知道过程。他在出事后这么紧张地寻找补救措施，甚至把比他更有本事的哥哥推出来为我所用，好事。"张怀仁摇头一笑。

"救蓓蓓的人是范天平，范天安还是窝囊废一个呗？我说上次，他怎么……那个样子。"郭蕊此刻恍然大悟。

"一个人是不可能在本质上改变的。"张怀仁说。

"那你就看着他们这么折腾？"郭蕊翻了个白眼问。

"不然呢？戳穿他们？展销会你去干？一个多亿的销售业绩你去争取？别傻了，事情办了，把柄有了，主动权都在我手上，我为什么要干预？"张怀仁耸耸肩。

"所以当时范天安那个侄女一进公司你就知道了，却从不和他说破是吗？"郭蕊用一种奇怪的眼神看着张怀仁，她内心泛起了冰冷的寒意，原来当年张怀仁就这样看着她和汤立臣在一起，拥有所有的主动却按兵不动，直到在足够重要的时刻发起足够力量的攻击。

"你不许把这些告诉蓓蓓,她感激的是范天安还是范天平都不重要。"张怀仁叮嘱郭蕊。

"对她来说,很重要吧?"郭蕊低头想了想问。

"她,也不重要。"张怀仁强硬地说。

## 32

郭蓓脸上的伤已经拆了线，但仍然谨慎地包着纱布。这几天，她一直在观察这些群众演员，他们从不偷懒，极其敬业，每天走场的台词几乎是一样的，却一丝不苟，专家的形象仍然严谨，患者的情绪仍然饱满，这出戏就真的像一台在严格准备程序中的舞台剧，甚至郭蓓觉得，他们要么就是有极高的艺术造诣，要么就是自己都把这事当真了。

没人笑场，没有怠慢，只要喊了开始，所有人都会全情投入。

郭蓓觉得，"范天安"和他们之间有一种她不知道怎么形容的共性，这种共性使主持人和互动的群众演员产生了默契。

这是网络直播前的最后一次走场排练了，休息两天，就可以正式上演怀仁康泰保健品公司创建以来最辉煌的一幕了，品牌形象和展销活动的成败在此一举。想到这里，郭蓓心里甚至有一些小小的激动。

在郭蓓盯着台上的时候，秦明亮正在盯着她，前两天他给张怀仁发了那个匿名短信后，怀仁康泰一直都没有反应，他等的动静也始终没有出现。张怀仁到底有没有收到那个短信，怀仁康泰难道还不清楚范天安已经破坏了合作协议，偷梁换柱地在戏弄甲方吗？

一不做二不休，秦明亮又掏出那个匿名电话卡，把上次发给张怀仁的短信发给了郭蓓，然后就在离她十几米的地方看着她的反应。

果然，郭蓓看到短信脸色就变了，她开始十分焦躁地在场边走，拿着电话左思右想，仿佛陷入了纠结。秦明亮微微一笑，凑了过去。

"怎么了，郭秘书？还有什么问题吗？"秦明亮的表情一脸关切。

"没什么问题。没事，没事。"郭蓓大幅度摆手，这明显在隐瞒什么，她此刻夸张的肢体语言出卖了她。

"今天就是最后一场排练了，要是有什么情况，您需要和我们范总沟通的，得尽快说，否则就来不及了。"秦明亮知道郭蓓一定会找范天平问这事，双方一旦闹僵，他可就有好戏看了。

"你觉得你们范总最近有什么不对吗？"郭蓓看着秦明亮问。

"没什么不对呀，范总一向都是工作第一，为了怀仁康泰的这场活动，简直可以说是殚精竭虑了。"秦明亮装傻，这会儿他明白，绝不能当面反水引火烧身，否则后路将断，前路不明。

"嗯，好吧。"郭蓓点点头，像是拿定了主意。

范天平结束排练后，长出了一口气，十万八千里，就差一哆嗦了，只要网络直播保持这个状态，那么弟弟的计划就完成了。他想好了，等直播当天，停机那一刻，自己就赶紧回家躲起来，让范天安跟怀仁康泰再去远程周旋，那就没他什么事了。

"范总，您确定直播由您全程把控没问题吧？"郭蓓过来，别有深意地问。

"当然没问题，都妥妥的了。"范天平若无其事地说。

"如果您这边需要什么帮助，我可以随时听您的调遣和安排。"郭蓓叹息了一声说。

"哎呀不用，郭秘书怪忙的，你就忙你的事，我保证搞定这个直播展销会。"范天平笑看着自己台下那些伙伴说。

"无论如何，感谢您救我一命，等展销会圆满完成后，我请您和妮妮父女一起出来坐坐。"郭蓓认真地带着精密分析的姿态，看着范天平的脸说。

"请她就行，我还得忙其他事呢。"范天平没想到郭蓓会套他的话，呵呵一笑。

回去的路上，郭蓓觉得自己背叛了姐夫一样，有些忐忑。那条信息不知道是哪位知情人发的，她相信一直都没有过问过这场展销会的姐夫肯定还不知道范家孪生兄弟调包唱双簧

199

这件事。

前几天在最危险的时刻,范天安这位冒名顶替他出场的哥哥,奋不顾身地救了自己,这会儿如果她郭蓓把消息告诉了姐夫,一定会产生意想不到的纠纷和混乱。这是当前郭蓓不希望看到的事情,她只好当这个事她不知情,郭蓓准备找到姐姐先做一些铺垫,帮助范家兄弟不把事情搞砸到不可收拾的地步。

在车上,郭蓓拨打了几次郭蕊的电话,那边都没有接听,她不知道,这会儿郭蕊也在为这个事情不让郭蓓知道对她采取了避而不见的态度。

范妮妮接到 CIS 实验室周浩的电话时,发现平时爱说笑的周浩这次语气非常严肃,开门见山地告诉她,通过目前的检测结果来看,她认为最不可能出问题的怀仁胰宝出了很大的问题,在怀仁胰宝的成分中,发现了一种名为苯乙双胍的违禁成分,而这种成分可导致乳酸中毒。

"浩哥,您是不是搞错了?"范妮妮难以置信。

"妹子,我的专业就是做成分检测,你要说做其他的判断,哪怕是常识我都有可能搞错,但是在专业领域,我是不会出错的。"周浩严肃地说。

"如果出现像您说的,那个叫什么苯乙双胍的成分,我们公司根本拿不到生产批文的呀。"范妮妮说。

"这种成分是在上个月才被国家食药监总局定为违禁的。在此之前取得批文的,是可以上市的。苯乙双胍有强力降低血糖指标的功效，副作用是会产生大量的乳酸，对一些患者来说，有致命的危险。"周浩措辞很谨慎，"也许因为文件落实需要时间，还没对你们公司进行专项调查呢。这个问题相当专业，你们负责生产的总工那边应该已经有了对策，据我估计接下来可能会大量召回产品了吧。"

"我们正在准备进行一个网络直播的展销会，没听说要召回产品哪。"范妮妮心中一颤。

"那这就很有问题了，这个节骨眼上倾销式放货，你们老板心可够黑的。"周浩说。

"可是这么多年都没有出过问题呀。"范妮妮不死心，"会不会孟爷爷的死只是一个意外性质的特例？"

"在食品药品领域，特例如果出了，就不可以简单地以意外来解释了。"周浩斩钉截铁地说。

"那……我去找方凯商量一下吧。"范妮妮毕竟是个小姑娘，一时之间也没有了主意。

方凯这几天太忙了，也太烦了。案情资料显示，薛宇通近一年来阶段性参与过生猪运输生意，和一些搞饲养和做屠宰的人走得很近，这条重要信息和他的死亡现场情况完全对上了，以杀猪的模式杀人，这本来就很有特点。

在队长和组长直接干预下，网开始有针对性地向外撒，凡是在薛宇通参与生猪运输生意的时候接触的这方面人士，都要仔细过一遍。

刑警队扫黑组的几辆车全部出动，从全市各大屠宰点，陆续往队里拉人。审讯工作量一下就上去了，整组人焦头烂额。

所以当范妮妮来找他商量怀仁胰宝这款产品被检测出存在可致命的违禁成分时，满脑子案情的方凯并没有重视，只是随声附和，随便点头。

"孟爷爷很可能就是吃了我们公司的产品出了事，可怜的孟爷爷，可怜的奶奶。"范妮妮把头埋在两只手中间说。

"哦，然后呢？"方凯瞧着咖啡厅对面公安局大门出入的警车，在想嫌疑人是不是已经在某辆车里被带了回来。

"大哥，你能不能专注一点儿，我在怀仁康泰保健品公司，我二爸是怀仁康泰保健品公司的合作伙伴，我爸现在是怀仁康泰保健品公司展销会的主持人兼代言人，我现在怎么举报哇？真出了事，全家都会跟着受牵连的。"范妮妮摇头纠结说，"可这事情奶奶要是知道了，非急不可，她敢跑去把我们公司给砸了。"

"那你想我怎么样？"方凯拧紧了眉头问。

"想你给人家拿个主意呀。"范妮妮握着方凯的手撒娇说。

"你就自己拿主意吧，实在不行问问你爸，我得回去忙了。"方凯把手抽出来站起身就准备走。

"方警官，我报案总行了吧？我们家死了人啦，孟爷爷死了总得有人管吧？"范妮妮拦住方凯不让他走。

"胡闹，你当刑警队扫黑组是做什么的？你们公司和你们家的那点儿事，该找食药监就找食药监，该找工商局就找工商局，别天天烦我。"方凯一把推开范妮妮，走出了咖啡厅的门。

"方凯，你是不是不想和我好了？"范妮妮追到门口跺脚尖叫。

"随你怎么想吧，我得审案子去了。"方凯头也不回地一路小跑进了刑警队。

## 33

　　范天安在书房里守着电脑胆战心惊,他刚刚通过网络寻找到了一些当时被他公关过的媒体,回收了一批被扣押未发的稿件,调查研究怀仁康泰保健品公司对小秦岭的环境破坏情况。
　　不看不要紧,一看真是触目惊心。
　　小秦岭当地的土壤和植被资源遭到了毁灭性破坏,这还不算,那些试图取证的当地村民,也在不同程度上遭到了非法拘禁和暴力虐打,四处上访却告状无门。
　　一边是张怀仁勾结当地村霸流氓打压迫害,一边是他范天安本人在帮助这股无比猖獗的恶势力进行媒体消音。
　　范天安觉得作茧自缚这个成语就是对他的今天最形象贴切的比喻,害人终害己这句俗语,在今天也给了他一个响亮的耳光。天理循环,报应不爽啊!

根据秦明亮用耳光换来的信息显示，怀仁保健品公司的新厂址离他们家不远，就在镇子东头的那条丰水河岸上，范天安还记得他和哥哥小时候经常过去摸鱼，也曾经因为溯源而上到深水区去游野泳被范老太太绑起来轮番施以棍棒教育。

这些年，那里的环境一直都是青山绿水，虽然没怎么回去过，但是在老同学的朋友圈里，还是会看到那条河作为当地一景仍然是拍照胜地，一群中年女士一到春天就过去各种拍。

小秦岭却只有一条臭水沟，异味刺鼻，周边寸草不生。黄龙镇会不会是下一个小秦岭？

范老太太看出范天安心里有事，可问了好几遍，他不比画也不写字，竟换了身往常散步穿的休闲装，就下楼去了。

正当范老太太纠结要不要跟下去的时候，孙女范妮妮推门进屋了，看上去同样心事重重，老太太心里直打鼓，知道这几个孩子都有事瞒着自己。

"妮妮呀，你说这两天检测结果出来，咋样了？"范老太太扯着范妮妮问。

"浩哥他们单位这几天忙，一直也没给我回复，我不能老钉着催人家呀。"范妮妮不敢跟奶奶对视，假装渴急了要喝水，挣脱了范老太太，"咱等着就行。"

"事总得有个说法，能找到源头，一定要找。不然的话，奶奶脱不了干系，以后回到黄龙镇，指不定多少人给我编故事呢。"范老太太叹息说。

"再等一等,再等一等,我不会让孟爷爷白死的。"范妮妮这话不仅是跟奶奶说的,也是跟她自己说的。

"妈,你骂老二了?"范天平一进屋就把西装脱了下来,他实在是穿不习惯弟弟的衣服。

"没有哇,我骂他干啥?"范老太太被大儿子问得一脸迷惑。

"你没骂他他那俩眼直勾勾地在小广场坐着,我问他咋了,也没搭理我。"

"这孩子今天我看着就不对,好像心里藏了事,事还不小呢,我得下楼瞧瞧他。"范老太太被范天平这么一说,啥也顾不上就往外走,两个儿子里,老二更贴心,她这个当妈的自然知道,可不能让他身体没好再为啥事儿着急上火了。

范老太太一下楼,范妮妮马上变了脸,她把门关好,拉着范天平就到了现在让给奶奶住的客房,严肃的表情吓得范天平以为她要商量什么大事呢。

"爸,我有话跟你说。"范妮妮把父亲按到床上坐好,一本正经地说。

"想结婚啦?你们这才处几天哪。"范天平谨慎猜测了一下,"是不是……"

"你别乱猜,不是我和方凯的事啦,是我们公司的事情。"范妮妮脸都红了。

"公司的事呀,放心放心,有老爸在,一切OK,现在我演你二爸一点儿毛病没有,展销会保证大火特火,比范老二自己上去白话都强。"范天平乐了。

"爸,我帮我奶拿着孟爷爷吃过的药找人去检测了,问题出在怀仁胰宝上。怀仁胰宝添加了一种违规的化学成分,这个成分就是导致孟爷爷死亡的那种。"范妮妮深呼吸了一下对父亲说。

"不可能,怀仁胰宝都是纯天然成分,没化学成分,对人体无毒副作用,我天天背这段儿我还不知道吗?"范天平不以为然。

"你那是用来宣传的文案,你看过我们厂里的生产车间吗?我们市场部都没机会看。"范妮妮说,"帮忙做检测的是一个权威机构,其实许多号称纯天然的保健品都有化学成分,这不稀奇,可是……根据现在国家食药监刚刚颁布的规定,怀仁胰宝违禁了,甚至在某种程度上可以说,就是它导致了孟爷爷的死亡。"

"你们老板胆子那么大?违禁产品还敢敲锣打鼓搞展销?"范天平难以置信地问。

"上亿的生意呀,这么多钱还不够壮胆的?"范妮妮反问完又解释说,"这产品现在还没有进入专项调查阶段,只要通过网络渠道倾销一空,召回和取证时间上再拖一拖,就算有人举报,到时候恐怕也来不及了。"

"那你二爸呢?他知道不?他也有这么大的胆子?"范天平追问。

"我二爸可能根本就不知道。"范妮妮说,"他要是知道了,至少不敢接这主持人的活儿。一旦他的名字和怀仁胰宝成了组合,这不就等于把祸招到自己身上来了吗?"

"那我还当啥主持人哪？"范天平站起身来，"拉倒吧，不干了，我不想惹祸，也不能让你二爸掉进他自己挖的坑里。"

"这得跟我二爸商量一下吧，毕竟这么大个事。"范妮妮犹豫地说。

"我跟他商量啥？用不着。明天我直接就找姓郭那女的，告诉她咱们不干了，范天安嗓子坏了，范天平不会白话。让你们那位张总爱找谁找谁去。"范天平大手一挥，感觉自己总算是解脱了，装模作样对他来说太累了，既然是产品方出了问题，他撂挑子的话，范老二也可以跳出火坑。

范天安还不知道怀仁胰宝存在违禁成分，他现在心里想的事情和他哥完全是两回事，环保调查的一系列铁证说明张怀仁已经破了正规企业的经营底线，可是眼前有那么大一块肥肉，现在放弃他觉得太可惜了。

再干完这一票，范天安也准备收山了。黄龙镇的人以后活成啥样，只要眼不见心不烦，跟他是一点儿关系都没有。老孟头既然去世，范老太太也不需要留守黄龙镇了，范天安决定，等到他能开口了，先把老妈和哥哥送到外地，他再想办法逐步撤离，届时侄女想走就走，想留下来嫁人也算出了门，全家上岸，管他洪水滔天。

正当范天安在心里不断说服自己这样做符合切身利益时，一道银影扑过来就咬住了他的腿。范天安起初以为是谁家的小狗过来捣乱，一低头才发现，是动物园里那只被他哥关起来的蜜獾，连忙起身想把它甩开。

小平头并没有咬实范天安腿上的肉，但它死活都不肯松口，凶悍的表情更是狰狞吓人。范天安没有范天平那么大的胆子，可这会儿他又叫不出来，只能拼命挣扎。

幸好就在此时，担心他的范老太太来了，见儿子被个什么东西咬上了，连忙过去，一哈腰一伸手，就掐住了小平头的后颈皮。小平头吃痛松口，再想窜的时候，已经毫无尊严地被范老太太拎了起来。

"这是个啥？跟大耗子似的，小区里咋还有这玩意儿呢？"范老太太把小平头扔了出去，没想到这小家伙刚一落地，就又扑了过来，还是冲着范天安，结果又被范老太太手疾眼快给揪了起来，"嚯，你还没完了，我们农村像你这体格的大耗子，我哪年不拍死三五个？"

"嗯嗯——"范天安知道蜜獾在当地不可能野生，这只是动物园的，肯定是自己偷跑了出来，至于为什么找到这里，他就不得而知了，于是一边拦着母亲，不让她往地上摔，一边给楼上的哥哥发消息。

"脾气还挺犟，我这俩儿子都是犟脾气，哪个不被我收拾得服服帖帖的？来，我教育教育你。"范老太太抬头就扇了小平头一个耳光，把小平头给打蒙了。

"嗯嗯嗯。"范天安打了几个字，把手机举给范老太太看。

"哦，知道了，动物园的，你哥以前上班时养过。"范老太太看完范天安的手机，又晃了晃小平头说，"那你和我们家妮妮一个辈分哪，咋一点儿规矩都没有呢？"

范天平赶过来的时候，只见小平头已经被范老太太收拾得一点儿脾气没有了，见他来，看看他，又看看范天安，一对小眼睛里居然有了一丝倦怠。

"你这小家伙咋又找上来了？我不是老虎，你整不服我。"范天平赶紧学着范老太太的样子，揪着小平头的后颈皮，把它搂在怀里。

"它还总找你？"范老太太问。

"它呀，不懂事，我救过它也养过它，可能当时手劲大，也没心情哄，就把它给得罪了，不管我在哪儿，这货都能找着。"范天平看小平头是真累了，捏了捏它的下巴，"它叫小平头，像我不？"

"你别说，又皮实又欠揍那德行还真像你。"范老太太乐了。

"嗯嗯——"范天安见母亲终于开心了，站到哥哥和小平头身边比画了一下自己的脸。

"你闪开，我瞅你来气。"范天平心里有气，又不好当着母亲面和弟弟吵，只能瞪了他一眼说，"抓紧领咱妈上楼休息，我把它送回去。"

听到范天安和范老太太进门的声音，范妮妮立刻关上书房电脑上那个标记着"怀仁康泰新厂"的文件夹，若无其事地开了一局小游戏。

## 34

范天平打车去动物园的路上,还要防止小平头突然变脸咬他,只能全神贯注,手一直悬在它的头顶,如果它再不懂事,就准备直接掐住嘴。出租车司机见他这么晚了抱着个怪东西,一副如临大敌的样子,目的地又是动物园,不禁从后视镜中回头多看了几眼。

等到了动物园的时候,得到消息的蒋健英早已经等在大门口了。由于蜜獾屡次出逃,孙园长怕有意外发生,反复叮嘱值班人员要看管好这小家伙,可它偏偏就是能跑得掉。

"真不是我不看着,你自己来看看。"蒋健英把范天平带到了关蜜獾的兽栏,只见栏杆已经加高加固了,可是在墙角那里,几根木条架起了一道侧坡,足以使它借势蹿到外面。

"这咋回事?"进了兽栏的范天平问。

"你赶紧把它放下吧，这是真累了，要不然还得跟你干，看来又跑远道了。"蒋健英拿起侧坡上的木条，"这是之前给它弄的食槽，让它给拆了当台阶，这家伙比猩猩都会制造工具。"

"不是办法呀，要不焊个笼子？"范天平把昏昏欲睡的小平头塞进兽栏小窝说。

"拉倒吧。"蒋健英翻了个白眼，"上次回来的时候，我焊了个笼子，又被孙园长收拾一通，说我图省事，掠夺它的生存空间，动物园里每个动物都有空间划分的，我跟你说了你也不懂。"

"我啥不懂？我懂的事比你多多了，少搁这儿唬人。"范天平脾气又上来了，"以后它再找我，我就不给你往回送了。"

"不送更好，我报遗失。"蒋健英半真半假地说。

"你……"范天平咬牙切齿地挥了挥拳头，"我要不是有事，我今儿就让你看看啥才是人里面的平头哥。"

范天平回家的时候，母亲、弟弟和女儿都在各自的房间里睡下了，他蹑手蹑脚地躺回范老太太帮他在沙发上铺的被褥上，心中百转千回，少见地失眠了。

第二天上午，范妮妮领着脸上有道明显疤痕的郭蓓来到范天平待的那间小包房就离开了，她实在是不想看见她爸欺负这个可怜的女人。既然都说好了是摊牌的，范天平又臭又硬的脾气肯定会上来，自己在中间夹着毫无意义，赶紧回去写离职报告才是真的，毕竟她昨晚把二爸还想扣压的那些小秦岭闹事因果都存到了自己的邮箱,等事情一过就准备来个大闹互联网,四处点火,看他们怎么灭。

郭蓓对范妮妮说她爸要主动约见自己感到惊讶,现在郭蓓已经知道范天安就是范天平,范天平就是范天安,能说话的那个肯定是范妮妮她爸,可这人主动约自己,是要搞什么?郭蓓想象不出来。

"郭秘书,我叫范天平,范天安是我弟弟,范妮妮是我闺女。"范天平开门见山就表明了身份。

"嗯。"郭蓓故作淡定地坐了下来,拿起桌上的茶杯给自己倒了杯茶,手还不自觉地挡了一下自己的伤疤。

"我来是想跟你说一下,我弟弟嗓子突然出了问题,恐怕不能主持后天那场网络直播的展销会了,你们找其他人弄吧。"范天平一进入自己的性格状态,觉得还是这样舒坦,有啥说啥,速战速决。

"等等,范先生,您是说,范总的嗓子是刚刚才出的问题?"郭蓓一挑眉毛问。

"对,今天,吃鱼刺卡着了,摘鱼刺的时候伤了声带。"范天平硬气地说。

"范先生,唉!我都不知道该如何称呼您了,这几天和我们在排练演播厅主持活动的人可是您哪,又不是范总,他的嗓子恐怕都伤好久了吧。"郭蓓乐了。

"你……啥意思?"范天平愣了,没想到一下就被对方给

213

戳穿了。

"您也不必遮遮掩掩了,其实我早就知道你们偷梁换柱玩双簧了,排练的人是您,救我的人也是您,范总没这么深的城府,也没这么好的身手吧?"郭蓓虽然不知道范天平为何突然打退堂鼓,但是她知道是时候扔出手上的牌了。

"随便你咋说吧,反正,明天没人给你们主持了,自己想招吧。"范天平一坐下就是一副老无赖的样子,丝毫没有前几天在郭蓓面前的拘谨了。

"我不知道您这边出了什么状况,后天的展销会是网络直播,我们怀仁康泰保健品公司对本次活动寄予厚望,您要是临时撤场,将面临一个非常被动的局面,至少要面临一场和我们公司的官司。"郭蓓叹息了一声说。

"打官司就打官司,爱咋咋的。"范天平撇撇嘴说。

"范先生,您是妮妮的父亲,她是我们公司的员工,您就算不为弟弟想,也得为女儿想想吧?兹事体大,不是玩笑,这会耽误孩子前程的。"郭蓓苦口婆心地劝说。

"我闺女不在你们这儿干了,她有手有脚,能文能武,干啥都能混口饱饭。"范天平不以为然。

"我想见范天安。"郭蓓觉得和自己这个救命恩人根本在两个语境,沟通不了,她终于明白了前几天那种诡异的感觉来源,此人与那些群众演员的共性就是这种痞气,只是当时在拼命隐藏,现在不隐藏了。

"他养病呢,谁也不见,你也不用找他,这事我说了算。"范天平一副浑不懔的嘴脸。

"你……我要不是看在你救了我一命的分上,就直接告诉我姐夫你们临阵脱逃当逃兵了,你不要欺人太甚。"郭蓓一拍桌子站起来说。

"我从来不欺负女的,今天就是来通知你一声,这事就这么定了。"范天平起身要走。

"你不能这样,我是为了你们好,真要翻脸了,我姐夫不会放过范总的。"郭蓓一看这人的真面目居然这样,连忙拽住了他。

"咋的?他还想打人咋的?那不用找我弟弟了,我范天平这辈子别的不会,打架,我随时奉陪。"范天平咧嘴一笑。

"唉!不是打架不打架的问题,我姐夫通过正常的法律途径,就能告到范总倾家荡产。"郭蓓揉着太阳穴说。

"他自己身上就不干净,还想告谁呀?你查查你们公司的怀仁胰宝,是不是有违禁的化学成分?人家权威机构都做过检测了,早晚把你们曝出来,还想告我们?"范天平耸耸肩。

"绝不可能,我们的产品全部拥有合法批文……"郭蓓斩钉截铁地说。

"以前合法,现在不合法,再卖就违法了。"范天平冷笑说。

"范先生,你不能说这种不负责任的话,直说吧,你们别想退出展销会,为了这次活动,怀仁康泰做了非常大的投入,这场戏，你必须演。"郭蓓被范天平刺激到了，和他近距离地对视说。

"你看你这不挺厉害的吗？自己上去主持呗，你都围观那么多天了，上去比我强。"范天平一摊手。

"我这脸，我这疤，我怎么上去主持？"郭蓓揪着范天平的衣服吼。

"自己想办法，我们不干了。"范天平撇撇嘴，挣开她的揪扯，离开了包房。

范妮妮刚把离职报告交到人事部，就被赶过来的郭蓓拉到一间小会议室。

"你爸疯了，我跟他已经无法沟通了，在一起排练这么久，没想到他居然是这个样子。"郭蓓强行压抑着情绪，好让自己显得没那么歇斯底里。

"排练那个是我二爸……"范妮妮还不知道郭蓓收到过那条匿名短信。

"你不要再骗我了，你们都不要再骗我了，我知道你二爸范天安早在几天前就接受了声带息肉手术，现在正是禁声期，去演播厅的人就是你亲爸爸范天平。"郭蓓说，"现在他突然说要代表你二爸撤出直播展销会，我们难道放一排产品让怀仁胰宝自己说话吗？"

"它们自己要会说话，那全世界就都知道这产品存在违禁成分了。"范妮妮翻了个白眼。

"你什么意思？你爸这么说，是因为他才接触咱们的产品可能存在误会，你入职期间就接受过产品培训，怎么还能说这种不负责任的话呢？"郭蓓急了。

"这是检测报告，看清楚，是 CIS 实验室做出的检测，上面说得明明白白，在送检的样品，也就是怀仁胰宝中，发现存在化学成分苯乙双胍，上个月国家食品药品监督总局对这种成分发布了禁用令，而我们的那些产品早应该被召回了，现在居然还要大批量做网络展销，到底是谁疯了？"范妮妮把手机上的检测结果报告给郭蓓看。

"这……这我们销售七八年了都没有问题，怎么现在会出问题呢？"郭蓓看着报告感觉手脚冰凉。

"在受害患者中，就有我孟爷爷，也就是我奶奶的新婚丈夫，结婚第三天就没了，死因就是苯乙双胍导致的乳酸中毒。如果我奶奶知道是咱们公司产品害死了她老公，我都不敢想象……"范妮妮一扶额头。

"这事……这事我瞒不了了，我得告诉张总了，我其实是想保护你们，我姐夫非常在意这次展销会，如果知道范总这边坚决不干了，我也不敢想象，他会气成啥样。"郭蓓知道自己没理由再劝范家父女，但也没办法再对张怀仁隐瞒下去了，不然就真出大事了。

"郭秘书，你是好人，其实没必要为了帮我们欺上瞒下的。你去告诉张总我爸的决定吧，我们家不能帮他做这些明知道会害死人的事情，我爸不能，我二爸不能，我更不能了，所以已经交了离职报告。"范妮妮拍了拍郭蓓的肩膀，她不想让对方太尴尬难过。

郭蓓直接杀到了姐姐投资的那家SPA水疗馆，拖着郭蕊就进了一间包房。

"范总决定要退出后天网络直播的那场展销会了，他找人检测了咱们的产品，怀仁胰宝有违禁的化学成分，他怕以后出问题连累他。"郭蓓在路上就已经想好了，还是把范家兄弟黏成一个人，不能再搭一个范天平，她其实对范天安没好感，但对范天平的救命之恩是铭刻在心的。

"以为这是打游戏吗？想退出就退出？"郭蕊哼了一声，"这个不用我说，你也知道你姐夫的反应吧？"

"我知道，姐夫肯定会翻脸的。可是重点不是这个，而是咱们的产品有违禁化学成分，这种违禁成分是最新裁定公布出来的，展销必须立马叫停，损失多少都得叫停。"郭蓓焦急地说。

"展销会叫停，就意味着，新厂建设叫停，上市计划叫停，融投资方案叫停。"郭蕊摆摆手说，"不可能，叫停肯定是不可能，你要知道这次倾销的货值近两个亿，代价谁都付不起。"

"但是连主持人都没有了，还开什么展销会呀？现场直播什么给消费者看哪？"郭蓓挠头说。

"行了，这事我知道了，你回去吧，继续你自己手头的事情，对付范总，你姐夫会有办法的。"郭蕊信心十足地说。

"可是他真的不干了,他现在和以前不一样,脾气又臭又硬。"郭蓓其实都已经忘记范天安是什么样子了,只记得范天平的种种状态。

"你不了解张怀仁,他连石头都能攥碎了。范天安也好,范天平也好,他们家那哥儿俩有资格拒绝你姐夫吗?"郭蕊轻蔑地说。

"你也知道了?你什么时候知道的?"郭蓓此刻的惊讶程度,不亚于她自己刚刚知情的时候。

"他们兄弟玩的小花招,瞒得了你我,瞒不了张怀仁的,我告诉你,张怀仁的实力大到你无法想象,想捻死他们跟捻死蚂蚁没什么区别。"郭蕊恶狠狠地说。

"别别别,他们兄弟就是胆小害怕了,如果实在没办法,我上去主持,反正我脸都不要了。"郭蓓生怕姐姐姐夫真动气,会使用一些狠毒的手段对付范家兄弟。她虽然不了解张怀仁,但她这个姐夫能把公司做到这个级别,确实需要巨大能量,非常人所及。为了保护范天平和范妮妮,她宁可自己抛头露面,也不想让这件事情发展到无法收拾的局面。

"没必要,你呀,是个笨女人,吃苦受罪就因为傻,没必要太为别人着想。做人,最重要的是要先为自己考虑。"郭蕊轻轻抚摸了一下妹妹脸侧的伤口说。

## 35

张怀仁确实没想到范天平会突然决定退出展销会,最近他和不少社会名流和传媒人士也做了些私下沟通,就指望着一手展销会一手新厂址的双向爆点同时起航呢。但现在展销会这边出了问题,那可就要影响他接下来的一揽子计划了。

张怀仁的目的就是迅速出仓清货,借着迁厂址的机会完成这次产品倾销转型,因为接下来的上市计划要从转型中来。当初之所以同意范天安搞这个网络直播展销会,恰恰是看好了这个当口的网络销售机会。在他的构想里,展销会和新厂址,一个是终点,一个是起点。

现在终点出了问题,他也没办法安全地站在新的起点上。

张怀仁从郭蕊那里得到消息后,并没有第一时间做出反应,因为他正在和食药监那边打太极,准备拖一拖专项调查这个事。

而且张怀仁并不觉得这哥儿俩能闹腾出多大的事，也就是一时冲动罢了，他一个亿万富翁还控制不了两个穷光蛋？

在张怀仁的世界观里，如果一个人拒绝你，就是因为你利诱不够，或者他根本没意识到你还有威逼的能力。

陪着各路领导吃完饭，张怀仁坐在车上给范天安发了个消息："范总，声带息肉这种手术虽说是小手术，但也不能耽误大好'钱'景啊。"

"张总，您什么意思？"范天安很快就回了消息。

"你给我回个电话。"张怀仁发完了这条，冷笑着看手机。

"张总，我现在在外面，说话不太方便。"范天安的消息这次回得慢了好多。

"范总，听说你准备退出展销会，我现在有几个选项提议，你考虑一下你选哪一个。一是，你现在给我回个电话解释一下原因；二是，你明天告诉我你考虑清楚后最终的决定，我好早做打算；三是，预计倾销货值高达一亿八千万元的网络直播展销会，因范天平的情绪问题取消。"张怀仁发完这条消息，把手机往旁边一扔，转头去看车窗外的城市夜景，在他看来，范家兄弟根本没的选。

范家兄弟没的选的只有范天安。

刚和老哥们儿喝了几杯酒，心情大好的范天平回到家里的时候，客厅灯关着。范天平蹑手蹑脚准备回沙发上睡觉，转身才发现书房里亮着盏台灯，范天安和范妮妮正在静静地用手机打字交流。

"都几点了？你俩咋还不睡呢？"范天平压低声音问。

"爸，张怀仁知道你和我二爸调包的事了，可他还想让你主持展销会。"范妮妮一脸疲惫地说。

"我不去，你们明知道那都是些坑人的玩意儿。"范天平把头摇得跟拨浪鼓似的。

"你看……"范妮妮把手机递给了爸爸，让他看上面的聊天记录。

范天安：咱们不能说退出就退出，要不然就惹大祸了。

范妮妮：放心二爸，是他们自己不干净，张怀仁不敢告咱。

范天安：这不是告不告的事情，人家的全盘计划被咱打乱，会跟咱拼命的。

范妮妮：哈哈，他还想找我爸打架？

范天安：妮妮，这不是打场架就能解决的问题，张怀仁身家好几亿，在滨城市黑白两道都混了十几年，咱惹不起。

范妮妮：我就没见过我爸有惹不起的人。

范天安：你爸头脑简单，根本不知道这里面的深浅，张怀仁的后台势力大了去了。

范妮妮：我还真就不信了，一个卖违禁药的，他还能反了天？邪不压正，放心吧二爸。

范天安：你这孩子咋和你爸一样不管不顾呢？你们能不能想想我？你爸要是不去，还非和他斗不可，我在滨城这么多年的奋斗可就全泡汤了，值吗？

范妮妮：现在我爸是替你主持展销会，万一怀仁康泰以后真出了事，你受牵连，还不是一样保不住你的奋斗果实？

范天安：我们做公关的，就跟明星做代言一样，在法律上不承担甲方经营范围的纠纷与罪责，换句话说，怀仁康泰真出事了，我以后不抛头露面一样做生意，反正这次也是赶鸭子上架。

范妮妮：你明知道张怀仁干的不光是在产品里添加违禁品而已，他们还把生产基地迁到了黄龙镇，一旦落成运营环境就完了，黄龙镇就成小秦岭了，咱家不能背这个锅。

范天安：这和咱有什么关系？黄龙镇咱还有必要回去吗？

范妮妮：二爸，你咋这么自私呢？

范天安：我这不是自私，这是自保。一面是全家换个地方重新开始，迎接好日子；一面是惹是生非挑衅张怀仁，鸡蛋碰石头，你让我咋选？

范妮妮：我说不过你，要不然咱把我奶奶叫起来评评理，看她能不能忘了孟爷爷这个事。

范天安：你别折腾你奶奶，你奶七十多了，我不能像你爸一样任性不孝，让她跟着担惊受怕。你知道你奶多不容易吗？三十守寡，伺候我俩长大。你爸那个性格沾火就着，他打架比我考试还勤，你奶奶挣点儿钱不够替他给人看病的呢。我上大学前，就没吃过肉馅的饺子。为了你奶奶的晚年安定，你爸也必须按计划帮我主持展销会。

范妮妮：我爸的脾气你能劝得了他？

范天安：我不是要劝他，是要求必须他这么干，人不能一辈子不负责任不靠谱。

范天平看完这叔侄俩的聊天记录，挠了挠头，他觉得弟弟说的确实是有道理的，范老太太这一生太不容易了，而这有很大一部分是他造成的。范天平不怕张怀仁那些威逼利诱的手段，但他怕像范天安说的那样，让年过古稀的母亲跟着一起担惊受怕。现在自己都这么大岁数了，老妈还能活几年？

"哥，我知道你犟，可这事不是咱俩的事，咱妈现在就在隔壁，你不管，我总得管她吧？"手机一声振动，范天平一抬眼睛，就见范天安一双泪眼正看着他。

"睡觉吧，我再寻思寻思。"范天平还是有些不甘心，他想等明天老太太醒了，问问老太太的意见，母亲要也觉得这事得硬杠，那天王老子范天平也不怕。如果老太太觉得一家人和和美美，不用管别人的事，那他就演完一场戏，和老哥们儿一样隐身市井，不招灾不惹祸混混日子算了。最主要的是，范天平根本不明白他们说的黄龙镇和小秦岭都是什么意思。

"哥……别……"范天安艰难地吐出了两个字。

"行行行，你说想咋的我都答应你，你别说话，要不然以后哑巴了。"范天平赶紧捂住了范天安的嘴。

"你们大半夜不睡觉，在那屋嘀嘀咕咕嘀咕啥呢？"范老太太在客房那屋醒了。

"妈,没嘀咕啥,你抓紧睡觉吧,都睡都睡。"范天平冲那屋低声喊了一句,转头对弟弟说:"你明天告诉那个姓张的,戏我演完,以后你俩也别在一起合作,整那些乌七八糟的事了,这事了了,两不相欠。"范天平摇头叹息。

"爸……"范妮妮欲言又止。

"你也睡觉。"范天平对范妮妮说完,背着手回到客厅,直挺挺倒在沙发上。

郭蓓一大早就发微信约范妮妮和她爸见面,并且告诉她,范天平可以不去主持展销会,她决定了自己亲自上阵,这样张总这边也能满意,只是需要范天平配合一下她,商量一些临阵换将的细节问题。

范天平睡得正香的时候,被女儿叫了起来,一听又是那个姓郭的麻烦女人,气得要死:"不管不管,她爱咋咋的,就说我烦她。"

"爸,你能不能绅士一点儿?人家真的在帮着想解决方案,明天要是她能上场主持,咱都不用得罪人了,就可以直接退出,后面的麻烦是他们家的事情了。"范妮妮推着她爸说。

"你说就这点儿事,磨磨叽叽没完没了,我要不是为了你奶……"范天平正说着看到范老太太在餐厅弄早餐,坐在餐桌旁的范天安直冲他使眼色,马上住嘴了。

"全家就你懒,赶紧起床去洗漱,咱俩吃口饭就走。"范妮妮明白她爸投鼠忌器,直接掀开又被他蒙在脸上的被子。

225

在咖啡厅的小包房里，郭蓓坐立不安地在等着范家父女，她手上的本子是所有排练期的记录，郭蓓相信自己只要有那些群众演员的配合，不会比范天平主持得更差，毕竟她是怀仁康泰董事长的秘书，起码对产品比范天平更了解一些。

即使现在出现了违禁成分，郭蓓仍然不认为姐夫是有意在倾销陈货，而是确实被食药监的新文件打了个措手不及，又赶上公司迁址上市前必须敲锣打鼓大造声势，那么她在现场就可以掌握销售节奏，下调出货量，以后真出了问题，召回过程没那么复杂。

吊儿郎当的范天平进来之后，对她点了点头，又坐没坐相地窝在了小沙发上，一副懒洋洋随时进入瞌睡状态的样子。郭蓓这会儿觉得他其实和范天安真的在气质上天差地别，无论如何，范天安算是个商务精英，而眼前这位，明显就是个老痞子。

"郭秘书，如果您决定上场主持，需不需要让我二爸跟张总那边打个招呼？"范妮妮还是担心张怀仁的反应，否则还是一地狗血，张怀仁计较起来，自己家人仍然会有麻烦。

"暂时先不要，我上去就已经是直播了，想叫停都没办法，到时候木已成舟，我姐夫发多大脾气，有我姐的面子在，也不会为难我。"郭蓓说这话心里其实特别没底，毕竟这里面牵涉的金额巨大，事情也没那么简单。

"那太谢谢了，您说吧，需要我们怎么配合您？"范妮妮看着郭蓓打开本子，知道她是真的在替自己家人着想。

"是这样的,我不是很清楚范……范先生是怎么找到的那些群众演员,其实主持人的串词还好,我都能背下来了,但是现场的群众演员如果发现临时换了主持人,我怕他们的表现会出现问题。"郭蓓看向眯着眼睛的范天平说。

"这个……都是我爸朋友。"范妮妮欲言又止。

"哎呀,你骗她有用吗?什么朋友,都是和我一起坐过牢的狱友,有骗子有小偷有抢劫犯。"范天平坐起来说。

"您是说他们全都犯过法?"郭蓓惊了。

"不是他们,是我们,跟你没法儿沟通。"范天平摇头说。

"不管他们是什么人,明天的直播只要他们像配合你一样配合好我,通告费我给双倍,不,我给三倍。"郭蓓硬气地说。

"啥意思?你以为他们是看钱才陪我演戏出这个洋相吗?"范天平站起来,"我们是犯过错误,甚至你也可以说我们不是好人,可我们都已经接受完改造回归社会了,遵纪守法,自力更生,现在是谁丧良心坑病号耍流氓啊?"

"范先生,这次我找你们来,谈的是工作,不判断是非。"郭蓓缓和了一下情绪对范天平说。

"这还有什么好判断的?我还真以为你能想出什么花招,让我们不用去参加这场展销会了呢!结果是我不用去,还得把我兄弟们搭进去,那何必呢?我不会把他们甩下的。"范天平坚决地摇摇头,然后突然直视郭蓓的眼睛,"既然咱们见面了,麻烦你回去告诉你们那位张怀仁董事长,我,范天平,会帮我弟弟主持好这场展销会的,过了这事,请他和我弟弟解约吧,也永远别再打他的主意,要不然,我保证他会后悔。"

"范先生,咱们是在谈解决方案……什么?你还要去主持?"郭蓓愣了。

"对,一切照旧,我去,我那些兄弟也去,你要真帮忙就给他们三倍工资,直播展销会后,大道朝天,各走一边。"范天平点点头说。

"他这……"郭蓓求助般看向坐在一旁并不阻止父亲的范妮妮。

"他这是为了我奶的清静和我二爸的奋斗成果,怀仁康泰生意太邪,我们家还是走正路吧。"范妮妮耸耸肩说,"郭秘书,我劝你也早做打算,像张总这样的人,迟早会出事,覆巢之下,安有完卵?"

从咖啡厅出来,范妮妮独自去了趟打印社,她把怀仁康泰对小秦岭环境破坏性污染的铁证文件都打印了出来。这是她之前从范天安的电脑上下载的,经过这两天反复思考,范妮妮决定还是先交给方凯一套,这样如果他们家和张怀仁起了不可回避的冲突,方凯也知道起因和重点,范家人并不光是因为私人恩怨才得罪张怀仁的。

带着文件来到公安局刑警队的大门前,范妮妮给方凯打电话对方不接,给他发微信对方也不回,她知道方凯又忙又烦,两个人的感情无论走向何处,这会儿他都对自己有排斥。范妮妮把文件交给门卫，请门卫帮忙转交方凯，叹息了一声就走了。

方凯确实忙，因为薛宇通被杀一案又出现了新的线索。据薛宇通的一个小弟反映，薛宇通在死前几天相当得意，悄悄和他说过，自己抱住了一条上市公司的大腿，以后也算是有身份的人了。这条线索很及时，这很好地说明了薛宇通近期多笔不符合其经济水平的大额进出项有一个强势经济来源。

滨城市的上市公司主体不少，可与肉联产业有关的只有两家，因为这两家都财雄势大，社会影响力惊人，方凯和同事们分别展开了外围调查。与此同时，其他调查也没有停止，此案的侦破正在多维度展开。

方凯从外面回到刑警队的时候，门卫交给他一个档案袋，说是总来找他的那个姑娘让交给他的。方凯没理会门卫暧昧的笑意，急匆匆拎着档案袋就小跑进了楼里，去向孔队汇报自己和同事取得的进展。

张怀仁接到范天安立军令状一样的表态信息，他在准备启动奠基仪式的工地那里对徐雷等人展开了"教育"。

"其实你们都应该学学平安伟业的那位范总范天安，他是个人精，能够非常清楚自己的处境，什么节骨眼儿办什么事。"张怀仁瞪了一眼前一晚又出去鬼混的徐雷说。

"他不就是个耍嘴皮子的碎催吗？"徐雷翻了个白眼说。

"想做大事，一定要有人来顶门面、擦招牌、喊口号，难道要我靠你这个废物向全社会宣布，怀仁康泰将脱胎换骨、吐故纳新、迁厂建业、上市融资,成为这座城市的骄傲吗?"张怀仁怒视徐雷说。

"那脏活儿累活儿总得有人干吧?"徐雷顶了一句。

"你干可以,可千万别把公司弄脏了,要不然,就自生自灭吧。"张怀仁说完就甩下徐雷,一边走一边掏出手机给郭蕊打电话。

郭蕊这边刚送走妹妹,郭蓓让她帮忙联系了一位非常知名的化妆师,并且跟姐姐说,自己已经做好了随时顶替范天平出场的准备。这样无论如何,怀仁康泰的展销会都会顺利举行,这场戏唱完就尘埃落定天下太平了。

郭蕊觉得妹妹的想法还是太幼稚了,但她并没有明说,张怀仁已经抓住了范家兄弟的把柄,以她对丈夫的了解,范家兄弟这辈子都会在他手上被他随意处置,展销会开完,接下来就是新厂建设的口碑铺垫,然后是上市前的品牌升级,锁链是一环套着一环,在张怀仁达到他的目的前,所有被他掌控的人都无法逃脱。

"你明天要去直播现场,范天安已经表示会听话了,我现在还有些担心,毕竟他有个据说比他能耐还大的哥哥,此人我没见过,你去盯一下,确保不会误了大事。"张怀仁对郭蕊开门见山地说。

"放心吧,蓓蓓刚从我这儿走,她已经做好了准备,随时可以顶替那个范天平上场。"郭蕊信心十足地说。

"行了行了,你可别让你那个傻妹妹跟着添乱了,我知道她是替我们着想,也在替她那位救命恩人着想,两头都想照顾到。但展销会不是儿戏,照原定计划推进。"张怀仁不容置喙地说,"你去盯现场,出了意外,马上技术性叫停。"

"嗯。"

"事情处理好了,我得在新厂管一段产品研发了,你去公司坐镇吧。其他人我还是不放心。"张怀仁想了想说。

## 36

直播当天，范天安一大早就自己打车去医院复查了。范妮妮把西装革履却一脸痞气的范天平送上秦明亮的车，在秦明亮不解的眼神中摆了摆手，表示自己也不去现场。

"你们怀仁康泰少了你在现场，风景少了一半哪。"秦明亮顺嘴夸了一句范妮妮，最近几天他百思不得其解，为什么怀仁康泰管理层对范家兄弟已经几乎挑明了的偷梁换柱都没有反应。

"我辞职了。"范妮妮没心情和他开玩笑，甩了这句话后，就转身上楼了。

"范叔……她……"秦明亮转头问范天平。

"她好像失恋了，心情不美丽，你最好少惹她。"范天平昨天只在晚饭时提了一嘴方凯，就被女儿拿一块排骨堵上了嘴，所以做出了这个判断。

"好嘞。"秦明亮这会儿的心情美丽了一些,带着一脸幸福的笑容启动了车子。

范妮妮刚上楼,就见奶奶正拿着她的手机,翻看她和方凯的微信聊天记录。范妮妮不以为意,因为她在奶奶面前没有秘密,祖孙俩经常分享恋爱心得。

"你呀,也别太上赶着,连发五六条了,人家都不回,你就消停几天,看他是真忙,还是假忙。真忙你就得理解,毕竟是当警察的。假忙的话,咱也不愁嫁,何必一棵树上吊死。"范老太太说。

"你不知道,我俩现在……唉!他总觉得我是在占他便宜。"范妮妮顺手收拾着父亲睡过的沙发。

"他有啥便宜好占的?他那点儿工资估计都没你二爸给我的零花钱多。"范老太太撇了撇嘴,接着翻。

"毕竟我爸犯过错误,他总担心我和他好就是为了找个警察,办事方便。"

"咱可不用图他这个……范妮妮,你给我解释一下,你俩这是在聊啥呗?"范老太太语气突然变得凝重严肃,坐到沙发边缘,把手机举到了范妮妮的眼前。

"我俩可没啥黄暴证据留在手机里……"范妮妮定睛一看,居然是她和二爸范天安前一天晚上的聊天记录,"奶奶,这个……"

"你们公司那个怀仁胰宝有违禁成分？老孟的死和你们公司的这个产品有关？你们公司还想去黄龙镇搞污染？"范老太太越说声越大。

"是怀仁康泰，我已经从那里离职不干了，不是我们公司了。"范妮妮赶紧撇清关系。

"这么缺德的一家公司，你二爸……你爸居然还去给他们做什么展销主持人？"范老太太想起刚刚出门去准备下午那场网络直播展销会的范天平，气得把手机摔到了范妮妮身上。

"这不，这不也是没办法的事情嘛，我二爸答应了张怀仁，不仅是答应，还有合作合同，要是不弄这个展销会就算是违约。"范妮妮起身拍着奶奶起伏越来越快的胸脯安抚说。

"那也是你二爸的事情，你爸是什么人我还不知道吗？他根本就不会管什么违约不违约的那套，我说他这两天跟你二爸没好脸，气性这么大呢！"

"我爸不是为了我二爸才去的，是为了你，他怕你知道这事又上火，张怀仁那人不是好人，万一真翻脸了肯定啥阴招都有，我爸也怕他搂不住火，再惹祸进去了，你得多操心哪！"范妮妮想扶范老太太到沙发上坐下，被她一把推开。

"放屁，你爸就是个窝囊废，平时胆子比天都大，动真格的时候他胆小了。我上啥火？我操啥心？我都这样我还怕啥？这个什么张坏人……"范老太太气得直跺脚。

"张怀仁。"范妮妮马上纠正。

"就是个张坏人,他做了这么多伤天害理的事,把我好好的一个老伴儿给整死了,还想让我儿子去帮他挖坑,让他接着去害人?"范老太太跑到阳台拎起了红缨枪,"走,现在就去找你爸,我看他要是敢给那个什么坏人胰宝当主持,我戳死他。"

"奶奶奶奶,咱可不能带这家伙出去,这在城里算凶器了。"范妮妮连忙夺过奶奶手中的红缨枪,放回了阳台。

范天平到演播厅的时候,他那些兄弟还没有来,可一个意想不到的人却出现在演播厅观众席的第一排,见他露面,便带着一脸媚笑站起了身。

"范总,您来得可够早的呀。"郭蕊把手伸过来却没等到范天平的手。

"我手黑,怕把你手弄脏了。"范天平讥笑着看看郭蕊被晾在那里的手,他实在对这些表面文章感到深恶痛绝,明明大家都知道他不是范天安,还非要当面演戏,真够无聊的。

"嗬,一个嘴损,一个手黑,你们哥儿俩配合起来还挺有意思。"郭蕊把手收回来,尴尬一笑。

"那也没你们家套路深哪,一个套路我弟,一个套路我,幸亏我闺女辞职了,要不然也得让你们套路了。"范天平咧开嘴,眼睛眯着却没有笑意。

"无论如何,先把今天的展销会做好,咱们皆大欢喜,我老公那人,做事情非常看重结果,结果不是他想要的,我都不知道他会有什么反应。"郭蕊说。

"威胁我。你妹妹是不是忘了告诉你？我这半辈子，进监狱的日子比在外面都多，不皆大欢喜还能咋的呢？想陪我回趟娘家走走吗？"范天平挑衅地看着郭蕊。

"哟，我哪敢威胁您？只是想提醒您，时代变了，现在是法治社会，既然您已经回归社会了，就要按照契约精神，完成您的工作任务，范总。"郭蕊咬着牙，暗示他代表的就是范天安。

"行啊，我一定演场好戏给你们看。"范天平冲过来的郭蓓点了点头。

"人怎么还没来？"郭蓓根本没看出来范天平和郭蕊之间的剑拔弩张，只关心现场演员尚未到位，紧张地问。

"时间还早，他们比你们靠谱多了。"范天平翻了个白眼。

"范总，今儿可是现场直播，别把咱们的展销会办成你们的武林大会。"郭蕊说，"如果有意外，我会现场叫停，所有损失，由平安伟业负责。"

"不会有意外的，我都盯了好多天排练，他们在执行方面确实大有可取之处。"郭蓓安慰姐姐说。

"你到底谁家的？重要时刻，胳膊肘可别往外拐。"郭蕊瞪了妹妹一眼。

"来了来了，人都来了。"在外面接车的秦明亮带着身后那些流里流气还没有进入状况的老流氓说。

"抓紧就位吧，咱们先都入一遍情绪，过会儿就直播了。"郭蓓叮嘱。

范天平看着这乱哄哄的场面，心里十分烦躁，要说啥都不知道，演了也就演了，现在啥都知道了，演这出戏特别没劲。之前排练的时候，兄弟们一开心还能现场编排些新段子说说笑笑，反应也很好，现在别说让他再编排了，能把以前背的东西用不带情绪的语气读出来都很费劲了。

"你干吗去？"一直盯着他的郭蓓看范天平往外走，忙跟了上来。

"我去抽支烟。"范天平看着倒计时牌，还有半小时才开场，挥挥手说。

"我跟你去。"郭蓓怕他跑了。

演播厅外面的吸烟处，范天平给郭蓓递烟的时候，她却摇头，范天平一下就明白了，原来她是来盯着自己的，心里本来就没好感，现在又有了一些厌恶，故意长长吸了一口浓烟，站在上风口往郭蓓的方向吐，郭蓓知道他在使坏，但又怕他突然失控翻脸，只好屏住呼吸，任由他一口接着一口放肆。

"爸……"范妮妮和范老太太过来时，就看到范天平这像在制造云海的一幕。

"喀喀喀……"范天平一口烟吞进去就呛住了，"妈……喀喀，你咋来了。"

"我让你学坏。"范老太太一个箭步上前，抡圆就给了他一大耳光。

"哎，你怎么打人哪？"郭蓓刚想拦，立马被范妮妮扯到了一边。

"喀喀……我……跟她闹着玩的。"范天平以为他妈是因为他用烟呛郭蓓才打他的。

"我说的不是这个,你明知道这个什么坏人胰宝是个骗人的玩意儿,还帮着他们做主持,你这真是越学越坏了。跟我回家。"范老太太一伸手就揪住了儿子的耳朵。

"妈,这个是老二答应人家要履行合同的,我不上去主持就得赔给人家损失,他这些年挣的钱,都得搭进去。"范天平捂着耳朵解释。

"爱搭就搭,你俩连脸都不要了,还要钱干啥?你知道他们是什么人吗?"范老太太瞪了郭蓓一眼,"他们卖有毒的药,害死了我的老孟头。排泄有毒的水,毁了小秦岭,还想污染我的丰水河,咱这辈子穷死也不能跟他们走一条路。"

"妈,我这不是怕惹祸让你生气吗?你以为我真想帮他们主持这个展销会呀?"范天平在范老太太撒开他的耳朵后,仍然捂着耳朵委屈地说。

"你都快五十的人了怎么还是非不分?要我看,这祸就该惹,谁怕谁?他们想整死我们,我们凭什么等死?"范老太太跺脚说。

"大娘,大娘,今天这场展销会的销售额两个来亿,可不是闹着玩的。况且小秦岭的事件早就有过公论,那里的环境破坏和我们怀仁康泰毫无关系,您不能红口白牙光凭一张嘴诬陷我们。"郭蓓站出来说。

"我这张嘴里全是假牙，妮妮，你给她看真证据。"范老太太撇了撇嘴说。

"郭秘书，难道你还不知道，我二爸之前为了钱，帮你们销毁了多少证据吗？"范妮妮翻出手机里的文件和那些触目惊心的照片展示给郭蓓看。

"这……这怎么可能？难怪我姐夫不让我去小秦岭。"郭蓓看着看着脸色就变了。

"走，跟我回家。"范老太太扯起儿子就走。

"我不能走，我还有一票兄弟在里面呢，都是我给拉来当托儿的。"范天平挣开妈妈说。

"你……你咋跟你弟一样，为了钱啥都能使出来，把你那些狐朋狗友都给我叫出来。"范老太太又打了儿子一巴掌。

"直播马上开始了，主持人抓紧准备了。"场务出来喊了一句。

"直播，要直播你敢不敢跟人家说实话？"范老太太问。

"妈，你觉得我有啥不敢的？我要不是怕惹你生气，敢把天捅个窟窿。"范天平乐了。

"那你就上去给我把天捅个窟窿，就不信了，一个卖违禁药的还真能只手遮天？"范老太太义愤填膺道。

"范……你不要这样，会无法收场的。"郭蓓上前去拦范天平。

"郭秘书，我们知道你为难，你也别进去了，陪我在外面说说话。我爸他们爱咋折腾就咋折腾吧，天塌了有他顶着呢。"范妮妮拽住郭蓓说。

"走，妈陪你进去，想说啥咱就说啥，大不了滨城市咱不待了，把老二押回去跟咱保卫黄龙镇。"范老太太拍着儿子的背，跟他一起走进演播厅。

郭蕊看到只有范天平和一位气势汹汹的老太太回来了，郭蓓却不见了踪影，正纳闷儿这老太太是谁呢，突然发现整个屋子原本闹哄哄的局面，现在突然静了下来，根本不用导演压场，那些刚刚还流里流气的群众演员，全都乖得像孩子见了老师一样，对这位径直走到观众席中间坐下的老太太点头哈腰。

"这位是……"郭蕊问正被化妆师往脸上扑粉的范天平。

"我妈，今天想来看看她儿子是咋出风头的。"范天平狡黠地一笑，他明白现在还不能让郭蕊知道他的打算，否则会被叫停。

"嗯，老太太体格倒是蛮硬朗的，一会儿可以让导演给个镜头。"郭蕊轻轻一笑说。

"多给几个，多给几个。"范天平频频点头。

范天平上台后，神色自若地看着导演倒计时的手势，等所有设备都切到直播网络频道，范天平露出了一口獠牙。

"大家知道咱们滨城市有个叫怀仁康泰保健品公司的品牌吧？对，大品牌，相当大，老板有钱，专卖店开得铺天盖地。今天，我就给大家来说一下，怀仁康泰保健品公司最知名的一款产品怀仁胰宝，就是我手上的这个包装，大家认准了，这个产品可是咱们滨城市一宝哇。"范天平的这个开场，除了只草草观摩过的郭蕊还不明白怎么回事，连导演带群演全都愣了，这根本不是照词来的。

"怀仁胰宝有三大特点：一、成分不合法；二、杀人不见血；三、价格不便宜。前几天我有个长辈，才服用了两个疗程，花了不到五千块钱，就治好了困扰他多年的糖尿病，连胰岛素都不用了，走得无比安详……"范天平全程带着诡异的笑容。

"停！"郭蕊大惊失色，连忙跑去总控台关网。

"给我把她请出去，让我大儿子接着说。"范老太太一指郭蕊，就见一个光头起身就追，抓着郭蕊的双肩把她半抱半举带到了演播厅外。一旁的秦明亮见事不好，赶紧跟了出去。

"这……"负责直播的平台方愣了。

"去告诉他，继续直播，谁也不能打断。"范老太太又一指总控台，刀郎慢悠悠过去，像变魔术一样摊开手，再一晃，手上多了一把蝴蝶刀。

"不好意思，刚刚出了一点儿小意外，现在我们接着来。这样吧，为了避免我有一言堂的嫌疑，我们请现场的一位专家来给大家解释一下。"范天平举着麦克风就来到屁王面前："冯教授，你好哇。"

"平头哥，我咋说？"屁王放了个悠长的响屁。

"你就实话实说,怀仁康泰没给你钱哪?"范天平帮他扶了扶眼镜。

"给了。"屁王不好意思地说。

"那你研究过人家的保健品吗?研究过怀仁胰宝吗?"范天平笑着问。

"研究过。"屁王认真地点点头。

"你啥时候研究的?"范天平愣了。

"前天走的时候,我顺了两盒回去,我老丈人不有糖尿病嘛,我寻思给他吃。"屁王挠头说。

"老丈人不是亲爹,能坑就坑是吧?抓紧拿回来,吃满俩疗程,你媳妇就得跟你离。"范天平想了想,"哎呀不对,咱们这是直播,我们还得有个教育意义。你咋能随便拿人家东西呢?念你初犯,下不为例。"

"下不为例,下不为例。"屁王又放了个屁。

"老猫,你不是初犯吧,贼不走空,说,这些天拿走了几盒?"范天平拿着麦克风又递到老猫嘴边。

"我拿它干啥?我又没有糖尿病,你要给我找一个有糖尿病的老丈人,这儿早就空了。"老猫一看这是要闹事,嘿嘿一笑,伸了个懒腰。

"你们这些人哪。来吧,我给大家聊一聊这段时间我认识的怀仁康泰保健品公司。咱先从小秦岭说起吧……"范天平晃了晃脖子,准备开始长谈。

## 37

新厂址里里外外被收拾得整洁利落,张怀仁正在和马上进行签约环节的赵镇长等人开着玩笑,大家都提到今天是怀仁康泰的网络直播展销会,张怀仁胸有成竹,向各位领导展示了自己的新厂规划策略案后,特意用一台电脑连接投影仪观看展销会直播。

事情变化来得猝不及防,范天平在直播现场的突然反水让张怀仁脸色剧变,他不顾其他人的侧目,亲手把电脑切断了电源。

"不好意思,各位领导,产生了一些线路故障。"张怀仁的表情显得自然从容。

"没关系,时间还早,我们在黄龙镇建设多年,栽好了梧桐树,盼的就是你们凤凰来。"赵镇长看了一眼自己手机的短信,不动声色地说。

"赵镇长您说笑了，我们做企业的，都需要发力的空间，英雄得有用武之地嘛。"张怀仁耸耸肩膀。

"那确实是，时势造就了张总的成就，我们将给你们提供最大的便利，为企业家服务，也算是服务于民嘛。"赵镇长笑着转头对身边的人，"张总是个英雄。"

"既然这样，请赵镇长移步，我们准备签约吧。"张怀仁站起身来想要引导赵镇长一行。

"对对对，准备签约。小聂，章都准备好了吧？"赵镇长问随行人员。

"都准备好了。"小聂拿出一个公文包，向领导展示各种印章。

"嗯？怎么还少一个呀？"赵镇长在包里翻了翻，拧紧眉头问。

"领导，这……不少。都在这儿了。"小聂一个一个给赵镇长看。

"少一个，最重要的我的那个行政章。"赵镇长想了想一拍额头，"我想起来了，你们瞧我现在这记性，那个章因为太重要了，放在我办公室，还是用指纹锁给锁上的。"

"那您得回去拿一趟？要不要我派车跟着您回去？"张怀仁抬头问。

"不用不用，单位人来人往，见我坐个豪车回去，像个什么样子？小聂你开车，咱回去拿一趟。"赵镇长说，"反正离得这么近，你们一杯茶没喝完，我就回来了。"

目送着赵镇长急匆匆地离开，车子尾灯刚刚不见，张怀仁就脸色剧变，一阵风似的进了办公室，掏出手机连接直播平台，只见范天平正在台上义愤填膺地控诉怀仁康泰如何在小秦岭为害一方……

满屏的弹幕都在痛骂怀仁康泰，左上角的观看人数不断攀升，已经吸引了几十万关注量。

"张总，厨师那边问什么时候签约完成，他们好着手准备庆功宴。"徐雷敲敲门，看半天没人应答，探个脑袋进来请示张怀仁。

"还准备个屁，直播展销会出事了，赵镇长不会回来了。"张怀仁急匆匆站起来说，"我马上得走。"

"您上哪儿去？"徐雷还没明白发生了什么状况。

"出去避避风头。"张怀仁走到门口突然转身，"我不管你用什么方法，把范天安给我废了，今天就去，马上就去。"

"您不是说让我向他学习……"徐雷挠了挠头。

"你猪脑袋呀？事情全被他给捅出去了。"张怀仁扬起巴掌，想想又放下了。

张怀仁刚上车，郭蕊的电话就来了。

"我没拦住，那些演员全是范天平的人。"郭蕊带着哭腔说。

"说这些没有意义了，赶紧走。签约的事情泡汤了，食药监和公安只要知情，就不可能不管。"张怀仁连珠炮似的说。

"不会这么快吧？"郭蕊在电话那端感觉很惊讶。

"现在是什么时代？一旦官方启动，再走就来不及了。范天安弄的那个是全网直播，停都停不了，这事怪我，太大意了，没想到他们真的敢。"张怀仁拍着额头叹息。

"主持直播的那个人是范天安的哥哥范天平。"郭蕊纠正张怀仁说。

"我管他是谁！咱走了，他们也别想好。"张怀仁咬牙切齿地说，"十年辛苦，都被他们给毁了。"

"幸好你上次让我在国外安排好了退路。"郭蕊庆幸地说，"我这就回家拿护照。"

"我的护照一直在身上。"张怀仁说。

"你……那我们机场见。"郭蕊这才明白，张怀仁比她想象的还要自私。

网络直播展销会变成了网络直播声讨会，另一个被这个突如其来的局面吓得准备仓皇出逃的人是范天安。

他在医院里做了一番检查后还没等回家，在出租车上就打开手机看直播，准备欣赏哥哥在这场展销会上展示巧舌如簧的优异口才。然而直播刚一开始，他就发现范天平状态不对，不是不好，而是太好了，简直放松到了肆无忌惮的地步。

接下来的场面就完全失控了，一场耗费了怀仁康泰保健品公司数百万元营销费用的展销会，一场预计销售额一亿多元的展销会，完全失控了。

通过直播画面可见,现场几乎可以称为群魔乱舞了,范天平和他的狱友随意笑骂,把近些年怀仁康泰在暗地里做的坏事,悉数搬上台面,更要命的是,他们还在现场接听消费者电话,那个原本是用来做销售的热线电话,成了即时投诉热线,屁王这个伪专家摇身一变,又成了接线员。

"是说怀仁呢吧?"出租车司机听了半天转头问过后,发现范天安不说话,拍了一下方向盘说,"早该弄他们,我们家就是小秦岭的,好好的一条河,让他们给祸害得方圆百里待不了人。"

范天安苦于无法开口,也没心情理会司机,只能拼命给范妮妮发消息,让她立刻停止直播,可范妮妮根本不回他。

范天安知道这会儿张怀仁已经做出了反应,他不确定对方到底会采取什么样的手段,只是越想越怕,觉得在滨城市待一分钟,都有可能遭到张怀仁的报复。范天安在出租车上心烦意乱,一会儿开窗一会儿关窗。

"先生,您没事吧?"司机看他摇头指嗓子,又联想到他之前只给了自己一个写着地址的字条,心里明白了这个人大概不能说话,摇摇头自言自语,"还是医院活儿多,我平时在机场趴活儿,一等等一天,也接不了几单,今天在医院算赚了,拉完您这趟得三百多了。"

"嗯嗯——"范天安像是突然想起了什么一样跟司机比画。

"放心,我不绕路。别看您说不出话,咱也不能让您受委屈。"

司机摇头晃脑说，"我们小秦岭人那才叫一个委屈呢，有口都难言，连个说理的地方都没有，上网发帖就被删。今天好了，我听您那儿的声音，像是有人给他曝光了。人哪，缺德事别做，报应来了，上天入地都难逃。"

"嗯嗯嗯——"范天安从自己包里拿出纸笔，唰唰唰写了三个字递给了司机。

"去机场？"司机一看愣了，"您不是要回富贡花园吗？怎么又去机场了？"

"嗯嗯。"范天安坚定地指着自己递过去的字条说。

范妮妮还在抱着郭蕊劝慰，对范天安发过来的信息采取置之不理的态度，整个演播厅形势已变，所有人都没想到会是这样的一种直播状况，而范老太太的指挥压阵和范天平的惹祸能力，居然也是母子连心、珠联璧合，诡异的节奏和混乱的局面相得益彰，演出了一幕酣畅淋漓的闹剧。

谁也没发现，郭蕊是被秦明亮送走的，所有人的注意力都在直播中，直到和平台方约定的时间到了，范天平才意犹未尽地在导演的倒计时提示下说起了结束语。

"之前看广告的人，我想你们都没有想到今天的这场直播会变成这样。其实原因很简单，我平头哥看不惯有人坑害像我们这样的平头老百姓，路不平，有人踩，多行不义必自毙，像怀仁康泰和张怀仁这样坑害人命，早晚会遭到他们应得的报应，谢谢大家，莎哟哪啦。"范天平对着镜头礼貌地鞠了一躬说。

范老太太第一个鼓起了掌,现场掌声雷动,群演冲上台像对待英雄一样,把范天平举起来,扔到空中又接住……

"你爸,他怎么这样了?"刚回来的郭蓓问范妮妮。

"当了一辈子浑蛋,总算开始往好人堆儿里移动了。"范妮妮耸耸肩,看着刚刚收到信息的手机说,"我二爸吓傻了,人已经快到机场了,让我们赶紧回家收拾东西,马上跟他去北京避避风头呢。"

"那你们……"郭蓓左右看看说,"我姐都走了,我姐夫肯定也气炸了,真不知道他会做出些什么事情来。"

"您那位姐夫,估计现在比我二爸更害怕,今天这一场下来,监管部门肯定得办了他。我们不怕他,嗬,我们家也就我二爸胆小。"范妮妮摇摇头乐了。

## 38

范天安一进机场就觉得安全了,他到贵宾厅后,倒在沙发上长长地出了一口气。无论如何,他目前是安全的,而哥哥和侄女完全可以照顾好老太太,只要他们信了自己的话,知道那个张怀仁打击报复即刻便到,那么他们就会回家拿了行李跟他一起去北京。

手机的振动声音吓了范天安一跳,他打开一看,是心情大悦的祖孙三人拍了一张一起给他比 V 字手势的照片,范天安气不打一处来,正低头回复文字消息的时候,发现地上出现了一双穿着名贵皮鞋的大脚。

"范总,咱们是不是有笔账得算一算?"手上拿着护照和登机牌的张怀仁一看真是范天安,一把就把他按在了椅子上。

"嗯……嗯嗯嗯……"范天安手脚冰冷,魂飞魄散,吓得直摇头。

"我几亿的身家,现在要准备跑路了,都拜范总所赐呀。"张怀仁用手不轻不重地拍着范天安的脸说,"你不能开口,就找了你哥去帮你主持展销会,现在闹成这副样子,你们兄弟都不想再开口了?"

"嗯嗯……"范天安四处寻找警察,但他发现在这个幽静的空间里根本没人关注他们。

"只要顺利完成展销会,积压的上一代产品消化掉,我新工厂合同一签,边建设边研发,上市日程都安排好了,你们兄弟却打乱了这一切计划。"张怀仁打在范天安脸上的巴掌越来越重。

"救……命……"这时候范天安顾不得后半辈子能不能说话了,赶紧开腔,可是发现声音太小了。

"哟,这会儿想说话了?"张怀仁顺势卡住范天安的脖子。

张怀仁在贵宾厅和范天安不期而遇,是他没想到的。张怀仁过来的本意是要恫吓胆小如鼠的范天安,打他几下出出气。可是范天安的反应太大了,他居然真以为张怀仁会在这种公共场所对他下毒手,拼命挣扎,慌乱中撕开了张怀仁另一只手上的护照和登机牌。

这个突如其来的变故同样震惊了张怀仁,护照撕破了,登机牌也撕破了,他没办法上飞机了,一股恶气让手上的力量越来越大。幸亏此时郭蕊及时赶到,看见了他们这边的情况,急匆匆过来拉开两个人。

"他……我走不了了。"张怀仁气急败坏地指着范天安，低吼，"你也活不成了，我要你们全家都死。"

"别说傻话。"郭蕊按着他说。

"护照都这样了怎么走？"张怀仁把护照一扔，抢过郭蕊的护照也撕了个粉碎，"既然都走不了了，那就来吧。"

范天安看着张怀仁怒不可遏地走了出去，起身看看郭蕊，对方正看着一地的护照碎片欲哭无泪。他突然想到刚刚张怀仁说的话，要杀他全家，他妈、他哥、他侄女都在滨城市，血往上涌，追着张怀仁就跑了出去。

两个人在机场停车场打成一团，这时刚刚送郭蕊到机场还没有离开的秦明亮看到这一幕连忙下车，一手一个去拉两个人。

"是不是你给我发的告密短信？把他给我摁住，我给你一千万。"张怀仁指着范天安说。

"嗯嗯……"范天安无法开口，他不知道这个秦明亮居然还和张怀仁私下有勾结。

"张总……您搞错了吧，您二位这是何苦呢？"秦明亮一脸无辜。

"少废话，我张怀仁想调查一个电话号码有多难？把他弄上车。"张怀仁拽着范天安，就往范天安自己的车上走。

"你疯了？这是要干什么？"郭蕊赶来想拉架，被张怀仁狠狠地打了一耳光。

"既然我不能跑,那么谁都别想好,给我上车。"张怀仁打完郭蕊,继续拖拽范天安。秦明亮一看张怀仁这一脸狰狞的样子,想到他说的一千万,默默地坐上了驾驶座。

"走,回黄龙镇,我要好好算算账,让你知道知道你都毁了些什么。"张怀仁上车后,把范天安的脑袋按在车窗玻璃上说。

范天平一家人还不知道弟弟这边出了事,他们带着直播现场的那些群众演员一起到一家大排档吃饭庆功。

郭蓓收到姐姐要立刻出国的微信,郭蕊在信息上说,他们夫妻因为这件事情很可能会被搞得身败名裂,以后未必再回国了,SPA会所里,有她留给郭蓓的一张卡,卡上有一笔足够她这辈子花的钱。

郭蓓没敢跟任何人说,匆匆告别了范妮妮,赶往SPA会所。

"我觉得郭秘书挺可怜的,摊上个疯子变态狂老公,姐姐姐夫这边对她也连哄带骗没实话,一家人怎么会搞成这样子呢?"范妮妮在大排档和奶奶说。

"不是所有家庭都跟咱家一样能为对方着想,你爸和你二爸表面上看着玩不到一起去,其实感情好着呢。"范老太太骄傲地说。

"平头哥你太牛了,我真不知道演了这么些日子,真到直播的时候你来了个大变脸。"刀郎晕晕乎乎地拍着范天平的肩膀说。

"我早就想这么干了,说那些台词咱说不好,主要是我真不会撒谎。"范天平喝得舌头也大了。

正在一群人说笑时，大排档的街对面，一伙手持棒球棍和开山刀的人开始往这边跑。范妮妮眼尖，知道是奔着她爸来的，抓起自己屁股底下的凳子就扔了过去。

范妮妮这一扔凳子，一群老江湖马上知道出事了，纷纷把酒瓶子往对方那伙人身上砸过去。刀郎把蝴蝶刀甩了出来，直接迎过去就扎在了一个人的腿上，对方拼命尖叫一声。

"全都别动。"范天平把大排档切熟食的大刀抄起来，怒吼了一声。

"干他，就是他。"徐雷一指范天平，但那些小流氓一看对方已经就地找到了不少武器，谁都没敢先动，反倒是刀郎一磨身就到了徐雷身边，利刃直接按到了徐雷喉咙上。

"刀郎别犯傻，咱犯不上跟他们换命。"范天平叫住了刀郎，用大刀指着徐雷说，"我知道你们是张怀仁找来的，这事跟你们和我朋友都没关系，你回去告诉张怀仁，他要是个爷们儿，我俩找个地方单独见一面，想咋玩我陪他。"

"大哥，大哥我不行了。"被刀郎捅倒的那人穿的是白裤子，此刻已经被血染成了红裤子。

"要不是我妈在这儿，想动手，你们差远了。"范天平过去看了看伤者说，"别叫唤了，皮外伤而已，抓紧起来给我滚。"

"要不要报警？"范妮妮一看对方人都撤了，而这些老江湖仍然一副剑拔弩张的样子，悄悄问范天平。

254

"你二爸到北京没?"范天平突然心里一悸,反问范妮妮。

"不知道他航班号哇,他又说不了话,我给他发个微信问问吧。"范妮妮掏出手机说。

## 39

范天安被带到张怀仁在黄龙镇的临时办公场地,这里几个钟头前还是谈笑有鸿儒的喜庆场面,为了签约而制作的一些礼仪彩旗和红地毯还没有撤去,现在只剩下几个地痞流氓。

"徐雷呢?"张怀仁把范天安推进会议室交代人看好后,问一个跟着他的小地痞。

"不是弄他去了吗?"小地痞迷惑地指了指范天安说。

"真是个废物。"张怀仁掏出手机来,边往出走边给徐雷打电话,"你在哪儿呢?"

"张总,我在医院,看个病人。"徐雷扶着刚刚那场败仗中的伤者说。

"我都把范天安带回黄龙镇了,你还到处折腾啥?抓紧回来,我有事找你商量。"张怀仁是打算对范家进行总清算了,他不知道刚刚一场械斗，徐雷已经吃了亏。

"张总不知道咋弄的，把范天安又逮到黄龙镇了？"徐雷挠挠头说。

秦明亮觉得这事越来越大了，而张怀仁好像并不仅是一位富甲一方的企业家这么简单，现在他的模样，和他接着有可能要干的事，恐怕会将自己置于非常危险的境地，一千万到底值不值？

"张总，要是没什么事情的话，我先回去了。"等在走廊的秦明亮看张怀仁在自己办公室拎出来一个高尔夫球包，犹豫着凑过去说。

"怎么？不想要那一千万了？"张怀仁把包放到地上，开始解拉链。

"我和范总已经划清了界限，您二位高层的事情，我也掺和不了，更别提图您点儿什么了。您想赏我接着，不想赏就算了。"秦明亮刚说完，发现张怀仁居然从包里抽出了一把长枪。

"这事完了再赏你，进去。"张怀仁看小地痞推推搡搡把秦明亮也弄进了会议室。

"你这是要干什么呀？"郭蕊过来问。

"你觉得我这些年为什么奋斗？为钱吗？"张怀仁举了举枪，冷笑了一声，"我奋斗就是为了奋斗本身，把生意越做越大，操控的人越来越多，我是为了成就感。"

"不是说好了嘛，到了国外接着研究其他生意，我安排了那么多钱在国外,咱们又算不上白手起家。"郭蕊说。

"能走我当然走,走不了该办的事情就得办了。"张怀仁贴着郭蕊的脸说,"我把老范家那伙人和徐雷他们那伙人关一起扔几把刀进去,你说谁能活着出来?"

"你疯了。"郭蕊认真地看了看张怀仁说。

"还有你,我走不了,你也别想离开,我疯也好,傻也好,生也好,死也好,咱俩都是两口子,从现在开始,你敢离开我三米,我第一个崩了你。"张怀仁恶狠狠地说。

秦明亮在会议室里一看瞪着他的范天安,心惊胆战地挪到桌边坐了下来。

"范总,他,他有枪。"秦明亮解释。

"叛……徒……"范天安艰难地又吐出两个字。

"是你们先耍我的,妮妮早就有男朋友了,你们一家人忽悠我……"秦明亮刚要说下去,范天安暴起,一拳就砸在秦明亮的脸上,被小痞子们拉开了。

"你们还真是一对好师徒,没等我挑拨呢就先动手了。"张怀仁和郭蕊进来后,掏出范天安的手机放在桌上说,"来,给你家人发信息,让他们过来,别报警哈,我现在还不想见警察。"

"嗯嗯……"范天安看着他的枪,坚定地摇了摇头。

"找到郭蓓,让她联系这家人。"张怀仁转身对郭蕊说。

"你不能把我妹也搭进来,说好了就咱们两口子的事,生生死死我陪你。"郭蕊也坚定地摇了摇头。

"哟，你们都很护家呀。"张怀仁一声冷笑。这时，范天安的电话响了起来，范天安想去抢，先他一步的小痞子把手机拿到手交给了张怀仁。

"我都忘了你不能说话了，到北京就吱一声，没到就哼哼两声。"电话那端是范天平的声音。

"你是范天平吧？"张怀仁乐了，"你可把你弟弟给坑了，我本来想你们兄弟挺有意思，可以带着一起混呢，结果你非装大尾巴狼，要跟我对着干，现在咱都别想往好了混了。"

"张怀仁，你把我弟咋了？"范天平低吼。

"没咋的，就是准备让他下辈子再找机会白话，要不你过来先白话两句？我看你也挺会说的。"张怀仁坐在椅子上抱着枪对着话筒说。

"行，你们在哪儿呢？我马上过去跟你好好唠唠。"范天平镇定地说。

"黄龙镇丰水段，我本来想把这个养猪屠宰场变成一片创造奇迹的乐土，结果被你这位范总给毁了，你得过来咱们算算总账啊。"张怀仁嘴上在说话，手却在不停摩挲着枪。

"哥……别……"范天安用尽吃奶的力气喊。

"那你得准备个计算器，等着哈，我去之前，你最好别碰我弟，要不然我就不出现了，让警察和你沟通。"范天平冷冷地说。

"等等，威胁我是吧？我现在就让你听着，我咋碰他的。"

259

张怀仁抡起枪来就砸到了范天安的脸上，连人带椅子全都往后倒去。

"张怀仁，你给我等着，老子扒了你皮。"范天平在电话那端再也无法冷静了。

"好，我等着。"张怀仁哈哈一笑挂了电话。

范天平告别那些老哥们儿后，带着母亲和女儿回到家中，自己先洗了个醒酒的澡。酒意刚一消失，范天平就感觉身上的毛孔都立了起来，双胞胎之前那种微妙的感应，让他几乎忘了弟弟是不能通话的，抓起手机就拨通了弟弟电话，才有了刚才那番对话。

最后一声怒吼，把两个房间里一老一小两个女人都给吵了出来。

"咋的？张怀仁打电话约你了？"范妮妮急得不行，"咱赶紧报警吧。"

"没，他威胁我，死鸭子嘴硬。"范天平怕妈妈担心，摇摇头。

"他要敢威胁，咱就敢接着干，妮妮明天再找那个什么直播平台，把你二爸在他们公司挣的那些昧心钱都花在这上面，非整黄他们不可。"范老太太说。

"奶奶，他们现在已经要黄了。哎呀，您别跟着添乱了。"范妮妮推着奶奶进客房。

"你好好照顾你奶，我下楼抽支烟透透气。"范天平说完就开始找衣服穿鞋。

范天平刚在小区门口拦了辆出租车，坐上去还没等关门呢，一道银影蹿进了后座，险些把他扑倒。范天平赶紧掐住小平头的脖子，看它仍然是一脸不服不忿的样子，气得笑出声来。

"你还真执着，我现在有事，不能送你回家了。"范天平把它按在座椅上说。

"先生，这怎么……"出租车司机转头看着后面问。

"没事，家养的一个小獾子，开车吧，去黄龙镇。"范天平把门关上说。

小平头被范天平揪住了后颈动弹不得，车子已经启动了，范天平把它按在车窗上，小平头十分不舒服，一直在扭动身子。

"别乱动，待会儿带你看场好戏，看看人和人是怎么打架的。"范天平捏着小平头的嘴巴说。

范妮妮在家等了一会儿，突然看到茶几上的烟，顿时出了一身冷汗。范天平说是下楼抽烟，不可能连烟都不带，他一定去找张怀仁了。

"奶奶，我爸去找张怀仁了，他最烦别人威胁他。"范妮妮跑到奶奶房间说。

"张怀仁在哪儿呢？"范老太太知道大事不好，赶紧到阳台上摸起她的那个红缨枪袋。

"以前的同事说，食药监已经到公司查禁了，没联系上张怀仁，他不在公司，应该会在新厂。"范妮妮想了想说。

"新厂是不是在咱黄龙镇丰水河那边？"范老太太问。

"对，就是那里。"范妮妮一边回答一边穿衣服。

"咱俩一起去。"范老太太掂着红缨枪说。

"奶奶，你不能去，我得先报案。"范妮妮掏出手机说。

"到底咋回事还不知道呢，别报了个假案，先跟你对象说一声吧。"范老太太翻了个白眼。

"好吧，我给他发个消息。"范妮妮打开了微信。

方凯正在翻看范妮妮之前留下的资料，今天他才想起来看这个，是因为全组人都在说怀仁康泰搞直播展销会搞成了直播曝光会一事，大家都当成了笑谈，说监管部门现在有事干了，这几天没准儿比刑警队还忙。

严格来说这些资料和他们刑警队扫黑组毫无关系，都是些怀仁康泰如何违规生产和破坏环境的事情，里面虽然有一些对待小秦岭村民的暴力行为，这也是当地派出所管的事情，所以方凯只是草草一读，看了个大概。

他合上资料正准备回家休息的时候，手机上又收到一条范妮妮发来的消息，上面表示，张怀仁约了范天平在黄龙镇丰水河那里私斗，以她爸的脾气和张怀仁的怨气，这恐怕会出大事，如果方凯工作不忙，可以帮忙过去看一看，算是她欠他一个人情。

方凯摇头叹息，像之前的微信一样，仍然没有回。范妮妮还不明白警察的工作，他们不能什么事情都管，在下班时间，更不能私下里管私斗，除非即时在场，这种有谱没谱的约架他跑去干吗？

拿好车钥匙准备走时,方凯抓起资料塞进了抽屉,突然想到同事之前闲聊时说,城里的屠宰场干得热火朝天上市圈钱,乡镇屠宰企业却饥一顿饱一顿纷纷关门。

"老许,你们家在黄龙镇吧?那里有没有搞生猪饲养屠宰的企业?"方凯问同事。

"以前有一个,在丰水河那边,早黄了,老板我认识,卖猪肉的时候就欺行霸市,被咱们收拾过。"老许想了想说。

"你不早说?"方凯突然一惊,"赶紧带几个兄弟跟我过去一趟,那里很可能会出事。"

## 40

就在范天平往黄龙镇赶的时候,郭蓓也开着姐姐郭蕊的车驶向同样的目的地。郭蕊之前给她发了一个定位,黄龙镇丰水河。

看见徐雷进来,张怀仁放下郭蕊的手机。

"你呀,真是个废物,人都被我关隔壁了,你还到处找呢。"张怀仁摇头叹息。

"张……张总,那个,我去把他办了。"徐雷一见张怀仁抱着一把枪,打了个冷战说。

"不急了,这家伙还有个双胞胎哥哥,一会儿等他来了一起放血来得及。我想知道知道,两个一模一样的人,身体里的血液存量是不是一样多。"张怀仁狞笑着说。

"那,我去准备准备。"徐雷就是不想在张怀仁手里那把枪的射程范围内，毕竟玩刀他行，一见枪是真有点儿发蒙啊！

范天平到了黄龙镇，没有直接去丰水河，而是先回家一趟。他钻进仓房，找了一支镐把，又在仓房的棚顶摸出来一个指虎，把小平头装进一个帆布袋子挂在胸前就走出了院子。

"你是……"刚到胡同口，一个骑着老式幸福250型摩托车的中年人把车停在了他面前。

"四傻子，你眼睛不好使啦？我是谁你看不出来呀？"范天平横了他一眼。

"平头哥，哎呀，看你穿的衣服像你家二哥，可背个镐把又像是你，咋的？和谁干起来了？我跟你去。"四傻子嘿嘿傻笑。

"不用，你去不了，那边是硬碴子，我过去让他们见识一下啥是更硬的。"范天平眯着眼睛一笑。

"这么大岁数了，还这么大脾气。生死看淡，不服就干。"

"你这摩托车借我骑一圈儿呗。"范天平盯上了四傻子的车。

"这车现在是古董啊，哥，不是我不借你……"四傻子一见范天平把镐把戳到地上，连忙改口，"骑走。"

"放心，车回不来的话，这房子归你了。"范天平上车扔下一句话，启动摩托车就蹿了出去。

"我是怕你回不来。"四傻子看着他的背影自言自语。

郭蓓一进这个彩旗飘飘的院子就傻了，一条百多米长的红地毯从院子门前直铺到一个简易的临时铁皮建筑办公区，周边四散零乱地站着些小流氓，几只大狼狗汪汪汪直叫。

"你怎么来了?"郭蕊出来一见妹妹下车就愣了。

"不是你让我来的吗?"郭蓓一看张怀仁端着长枪从屋子里出来傻眼了,"姐夫……你要干吗?"

"张怀仁,你把她弄来干吗?蓓蓓跟我们的事情一点儿关系都没有。"郭蕊扑向张怀仁,被他一闪身躲开,差点儿摔了个跟头。

"一家人,最重要的是整整齐齐。"张怀仁一指正在被徐雷绑在一个架子上的范天安说,"蓓蓓,你看咱们范总,这个造型帅不帅?"

"姐夫,你这是犯罪,赶紧放他下来呀。"郭蓓想冲向范天安,却被旁边徐雷的手下给拦住了。

"徐雷,一个架子不够,你还得再找一个,要一模一样的,离地的距离都不能差,秦明亮,你别光看着呀,去后面找俩桶,要一模一样的。"张怀仁指挥徐雷和秦明亮说,"这哥儿俩既然长得一模一样,咱也得给他们置办一对儿配套的玩意儿。"

"行,张总,您放心,我那边还有。"徐雷像拴猪一样把范天安倒吊在架子上。

"你一会儿趁乱抓紧跑,张怀仁已经疯了,他可比李子洋变态多了。"郭蕊驱散小混混,扶着妹妹耳语说。

一阵轰鸣的摩托车声响起,只见一台外形笨拙的幸福250冒着黑烟冲进了院子,顺着红毯驶到这群人面前。

"把我弟弟放下来。"范天平把摩托车一扔,从背后抽出镐把怒吼。

"我就说让你快点儿吧,他来早了。"张怀仁说完,转头把枪一指范天平说,"放下你那根棍子。"

"土鳖,这叫镐把。"范天平笑了,"你弄杆破枪想威胁我呗?我就不放,有种你开枪。"

"放狗。"张怀仁一挥手,四五只狼狗都扑向了范天平。

还没等范天平动手,听见狗叫的小平头就挣扎着从帆布袋子里蹦了出来,闪电般迎着一只狼狗,一口咬住脖子就把对方撕倒了,旁边的几只狼狗顾不上范天平,都来围攻小平头,它毫无惧色,专挑耳朵脖子和眼睛鼻子攻击。范天平抡着镐把打狗,一人一獾配合极其默契。

"这是什么?"徐雷愣了。

"真以为我不敢开枪是吧?"张怀仁突然开枪,一声枪响后,发现非但没打着范天平,还打中了一只狼狗,他气急败坏地一跺脚,"还都傻愣着干什么?全给我上,弄死他!"

徐雷和这伙小混混冲了几下没冲过去,范天平手中的镐把抡得太快了,于是纷纷捡地上的砖头往范天平和小平头身上扔,这招相当好用,范天平脑袋和身上都挨了好几下。

"有本事过来打。"范天平累了,拄着镐把稍一喘息,被一块板砖砸中了额头,血流如注,脸上却毫无惧色,单手持镐把指着还在瞄准他的张怀仁说。

秦明亮趁着徐雷上前攻击范天平,借放桶的掩饰,悄悄把

267

此时没人注意的范天安给放了下来。范天安一得自由，马上直扑张怀仁，刚刚扑倒，枪就又响了，郭蕊倒了下去。

张怀仁疯狂地拿枪托往范天安脸上砸，可范天安死活就是不放开张怀仁，两个人在狗血和人血遍布的红毯上滚作一团。

范天平向扑上来的小混混扔出镐把，徐雷看能贴身攻击了，拔刀就要过来刺，哪知刚刚扔镐把是范天平的一计，目的就是让他贴身。徐雷的刀还没等出，范天平已经戴好了指虎，一拳砸在徐雷的脸上，打得他一股酸热，满脸流血。

范老太太和范妮妮到这里的时候，只见双方已经打疯了。娘儿俩一看这局面，赶紧往上冲。范老太太枪头还没等往上接呢，就险些中了一砖，老太太急了，也不接枪头了，拎着铁枪杆就盯上那个扔砖的小混混，一路追着砸。

范妮妮的身手极好，冲进围攻她爸的战团连踢带打，帮范天平挡住一面。

"姐，姐！"郭蓓满手是血，捂着被张怀仁流弹击中的郭蕊的喉咙，绝望地叫着。

郭蕊已经没救了，生命气息迅速离开了她的身体，在最后的挣扎中，郭蕊的手指伸向了和范天安一起在地上翻滚的张怀仁，眼神复杂地看了这世间最后一眼，就永远地闭上了眼睛。

"你杀了我姐，我要你命！"郭蓓转身扑向了张怀仁，扑到地上揪着张怀仁的头发晃。

张怀仁这会儿居然放弃了反抗，冲着郭蕊爬了过去，完全不顾被郭蓓扯掉的那一缕缕头发和一直紧抱着他死不松手的范天安，用尽全身力气向着郭蕊那根指向他的手指爬。

枪声又响了，捂着脸的徐雷吓得一哆嗦，转头含混不清地吼了一声："大哥，不会开枪你就别开。"

"警察，不许动，全都趴在地上。"方凯鸣枪完毕一边跑一边埋怨自己，带人带少了，只有三个人，这边打斗双方至少二十人。

"我孙女婿让你们不许动，听见没？"范老太太仍然拿着红缨枪杆敲打着已经趴在地上、被她死盯着的那个黄毛小混混。

所有人都不敢再动了。范天安的力气终于使没了，松开了张怀仁。张怀仁此刻也已经握住郭蕊冰凉的手，把这手贴在他的脸上。郭蓓面如死灰地坐在姐姐身边，一动不动。

"这咋还把奶奶都带出来打架了？"方凯赶紧过去拉开停不下来的范老太太。

"警察同志，这不是打架，我们在救人。"范妮妮说。

"你们家可真是……一言难尽。"方凯指示同事叫支援。

"没想让你尽。"范妮妮翻了个白眼。

就在警方布控的时候，现场唯一敢自由活动的就是小平头了。它先是凑近倒在地上的范天安闻了一会儿，转头又到坐在一旁的范天平身边闻了又闻，在终于确定目标，张嘴欲咬之时，被过来查看兄弟俩伤情的方凯一把揪住了后颈皮。

"这是个什么东西？"方凯问。

"平头哥。"范天平说。

"跟你倒是真像啊。"方凯抖搂抖搂桀骜不驯的小平头。

"不单是跟我像。"范天平环视了一下自己的家人，咧嘴一笑说。